忘れる力 思考への知の条件

外山滋比古
Toyama Shigehiko

さくら舎

目次◆忘れる力　思考への知の条件

I　忘れることは頭のゴミ出し

Ⅱ　忘却は英知の純化

Ⅲ　頭を知識の倉庫から思考の工場へ

Ⅳ　新たな思考が生まれる

V　よく覚え、よく忘れる

忘れる力　思考への知の条件

I　忘れることは頭のゴミ出し

忘れることが大事

いつとはなしに、まず覚えて、そのあと忘れる、という順であるように思われているが、本当は逆なのではないかと考える。

さらに、記憶と忘却は敵対関係にあるように思っているが、これも誤りで、記憶と忘却は協調して正常な頭のはたらきをすすめていると考えるのが正しいように思われる。

たとえていえば、ものを食べるようなものである。一般に、まず食べて、それから消化、そして排泄（はいせつ）すると思われているが、実際は、まず消化によって胃の中を空っぽにしておく必要がある。

だいいち、お腹（なか）がいっぱいでは、食欲が出ない。空腹になってはじめて摂食（せっしょく）がおこる。これが自律（じりつ）的にすすめられているのが人体である。

記憶は、ものを食べるのに当たる。頭がいっぱいでは、新しい記憶の入る余地がない。新しいことを迎え入れようという気もおこらないだろう。まず、頭を空腹の状態にする必要がある。空腹な頭は、新しい記憶を喜んで迎え入れる。「忘却先行」が正常なのである。それを知らずに記憶をどんどん増やせば、頭は記憶過多になる。知的メタボリック・シンドロームである。

実直な勉強家などでそうなっている例がきわめて多い。知識はあるが、その知識が邪魔をして、新しいことをとり入れることができない。

頭をよくはたらかせようとするのだったら、まず、頭をきれいに掃除する必要がある。ガラクタが散乱している頭では、どんな記憶・知識も入る余地がなくて流失するだろう。そういうことになってはいけないから、まず忘却が先行するようになっているのが自然の摂理(せつり)である。

そういう大切な忘却を、うっかりして忘れていたりしてはコトである。本人がうっかりしていても、しっかり頭の掃除ができるように、夜、寝ているあいだに、忘却がすすめられる。人類は二十世紀になるまでそれを知らなかった。

これが自然忘却である。夜のあいだにおこるのは自然の英知である。朝、目を覚ましたとき、頭の中がきれいになっているのはすばらしいことであるが、人間はそうとも知らず生きている。

夜中に忘却活動がすすめられる、というのは、自然が忘却を記憶より先行させている証拠だと考えられる。

これまでは、昼のあいだに頭に入ってきた記憶を眠ってから忘れるのだと考える記憶先行であったが、忘却先行の考えは、あとの記憶が入りやすくするための事前の準備である、とするのである。

忘却が充分でないと、記憶が蓄積する。だんだん入れ場所がなくなる。そうなると頭は〝倉庫〟のようなものになりやすい。いつ使うか、庫出しするかわからないものがいっぱいで、身動きできないようになる。

極端な場合、なにひとつ入れることができないくらいの満杯になる。そうなれば、知的メタボである。新しいことをなにひとつ知ることもできず、考えることもできないで、「なんでも知っているバカ」になってしまう。

活発な忘却力がはたらくと、ガラクタがつまって身動きもできないようなことはおこらない。頭は広々としている。手近な記憶をもとにして、新しいものごとを創り出すことができる。創造的な思考ができるには、こういう自由な空間が不可欠である。

われわれは学校で、まず知るが先、という教育を受けてきている。こどものときの記憶はたかが知れている。いくら覚えても、あふれる心配はない。

そこで、へたに忘却があらわれて、せっかくの記憶を失うようなことがあっては困る。忘れてはいけない、よく覚えておけ、と教えられるのである。

本当に覚えているかどうか調べるために、試験がおこなわれる。記憶テストである。忘れていれば点を引かれる。

忘れてはいけない。とにかく記憶しておかなくてはいけない。記憶、忘却は敵同士であるということになり、忘却の悲哀（ひあい）がはじまる。

多くの良識ある人が、忘れるのはいけないことだと思い込んだまま一生を終わるが、おかしいと思う人は少ない。

記憶と忘却は、敵対関係にあるのではない。精神活動が実り多きものになるためには、手をとり合って協力する仲であると考えるのが妥当（だとう）である。

知識を捨てる力

戦争が終わって二年目に私は大学を出た。当時のことだから、教育は充分受けたと自分では思っていた。なんでもできるようにうぬぼれていたかもしれない。

大学の附属中学校の教師になった。そのとたんにこれはいけないと思い出す。それまで勉強してきたこととあまりにもかけ離れているのである。一年半勤めて、辞めてしまった。

行き場がないから、大学の研究科へ入れてもらって、中世英文学の勉強に没頭(ぼっとう)する。他人(ひと)のやらないことをしているという意識は、若い者の虚栄心をくすぐる。それなりに本を読み、知識もあるように思っていた。

二年の研究科を修了したが、こんどは勤めるところがない。浪人しても食ってはいかれる、とノンキなことを考えていると、恩師の福原麟太郎(ふくはらりんたろう)先生が、見かねてであろう、救いの手をさしのべてくださった。

それが、「英語青年」という月刊雑誌の編集である。当時、最高の英文学雑誌とされていた伝統ある雑誌で、福原先生が主幹であったが、実際の編集に当たるのは、ひとりだった。それまでの人が大学へ転出した、その後釜にというのである。

浮世ばなれした中世英文学に没頭していた人間が、いくらなんでもジャーナリズムの仕事ができるわけがない。辞退したが、許されず、校正もろくに知らないまま、雑誌をつくることになった。

読者は鋭く、こわい。お話にならない新米編集者のつくる雑誌を見捨てる。そのおそまつさを見抜くらしい。

雑誌は毎月どんどん売れなくなって、窮地に追い込まれる。やりたくてはじめたことではないし、辞めてやろう、と考えた。辞めるのはお手のものだという気持ちもある。それにしても、このまま、おめおめ退散するのはいかにも口惜しい。及ばずながらひと暴れしてからでも遅くないと考えた。そして毎日のように、おもしろい雑誌、売れる雑誌はどうしたらできるかを考える。

もちろん妙案など浮かぶわけはないが、これまでしっかり考えたことのなかった読者の存在を思いついたのは、望外の拾いものだった。

それまでずっと本を読んできたが、読者という自覚はなかった。作者、著者は意識しても、読者の立場を客観視することはなかった。しかし、読者がいなければ本は価値を失うのではないか。それを考えつめて、読者論がテーマとしてあらわれた。

ケガの功名のようなもので、そのころ世界のどこでも、本格的読者研究というものは見られなかった。

売れる雑誌にするには、読者の求めるものを提供しなくてはいけない。編集者が個人的興味によってつくったものが、読者にとっておもしろかったとしても、それは偶然である。

読者はどこにいるか、なにを求めているのか。ほとんど手がかりのないことを模索していて、ようやく特集テーマを見つけた。二号にわたって特集号を出した。偶然だろうが、これが成功し、それまで返品四割何分という雑誌が完売になったのである。

そして、仕事には、知識がいくらあっても役に立たない。失敗して、苦しんで、固定観念のようになっていた知識を捨てて、自分の頭で考えることが大切である、ということを知った。

それまでの、知識は多いほどよい、新しいほどよい、という漠然とした思い込みをすこし抜け出せたように思った。

生木で家を建てない

知識が多すぎるのはよくない。ホヤホヤの新しい知識はむしろ有害である、ということを教えてくれたことがある。

アメリカでさかんにおこなわれているシンポジウムを日本でもやってみようというので、日本英文学会が全国大会でシンポジウムを開くことにした。

あらかじめ気鋭の研究者数名が、テーマに合わせた発表をするように依頼を受ける。指名された人たちは、いずれもたいへんな準備をしたらしい。

とくにある関西の少壮の学者の努力は涙ぐましいほどであった。新幹線のないころで、夜行寝台で東京へ来ることが多かったが、この大阪先生は、寝台へ参考書を何冊も持ち込み、それを読んで、不眠のまま東京へ着いたという。

その人のシンポジウムの発表がどんなものであったか、聞かなくてもわかる。いいたいことが多すぎて混乱、何をいっているのかさっぱりわからない。さんざんな発表になってしまった。

知識が多すぎたのである。その知識が新しすぎたのもいけなかった。知識も寝かせてやる必要があることを、努力家は考えることもなかっただろう。

新しい知識はおとなしくしないで暴れることがある。いったん鎮めるのが賢明である。俗に、「大工は生木で家を建てない」という。新しいものには時を与え、寝かせて、すこし枯らすようにしないと役に立たない。

知識も同じこと。やみくもに知識をありがたがっていると、その間の微妙なところが見えなくなってしまうらしい。多すぎる知識、新しすぎる知識は人間の判断力を弱め、思考力を殺ぐおそれがある。

極端なケースが〝なんでも知っているバカ〟である。

雑誌の編集はやってみるとおもしろい。こんなにおもしろい仕事は少ないのではないかと思われる。ことに、雑誌が売れているときの達成感は普通ではない。

しかし、思いがけない落とし穴もある。他人にものを書かせる仕事をしていると、自分でものを書く気持ちが失われるのである。

雑誌の編集に夢中になっていたあいだ、自分の仕事は棚上げになっていた。まわりがそれを非難し、研究者であることを否定した。しかたがないから学者になることを断念して、わが道を探さなければならなくなった。

それでいて、なんとか大学のポストが得られて、学問とかかわらなくてはならなくなったのは皮肉である。

もちろん、まっとうな講義などできるわけがない。難しい本を読みながら、勝手なコメントを添える授業をしたのは、われながらいくらか哀れである。

いちばん困ったのは、卒業論文の指導である。自分でもうまく書けない論文である。学生に書き方を教えるなど、考えられないことである。

しかし、実際は、不可能を可能にすることを要求する。良心のうずきを覚えながら、学生の論文にかかわった。

いやいや付き合っていた学生の卒業論文指導で、おもしろい発見をした。

日ごろよく勉強している学生がいる。さぞいい論文を書くだろうと思っていると、参考書からの引用ばかり多くて、自分の考えは影も形もない。ときには、剽窃(ひょうせつ)ではないかという部分も出てくる。

知識はあるのだが、いっこうにおもしろくない。生木で造った掘っ建て小屋のようである。

こういう例が、いくつもある。勉強する優秀な学生の多くが、この穴に落ちるようである。

それに引きかえ、怠け者で、あまり勉強していない学生が、思いがけずいいものを書く。本の知識を借りようにも本を読んでいないから、自分の頭で理屈をこねる。うまくいくと、おもしろいものになる。

よけいなことを知らないのが幸いしている。必要なことも知らないのは、さらに大きい幸いであるかもしれない。自分の頭で考えるようになる。

知識は大切である。しかし多すぎると、知識に溺れることになりやすい。ことに新しい知識は、われわれの思考力を麻痺させるからおそろしい。

忘却のはたらき

これまで述べてきたようなことを経験して、知識には力とともに毒のようなもののあることがわかってきた。

わけもわからず、知識を吸収していると、その害毒をつい見落としてしまう。知識は多ければ多いほどよい、として知識をため込むと知識過多症ともいうべきものをおこし、知的活動を妨（さまた）げることになりかねない。適正なところにまで制御（せいぎょ）しなければいけない。

これはたいへん重要なはたらきであるから、自動的におこなわれるところが大きい。すなわち「忘却」である。

忘れようとしなくても、自動的に忘れるようになっているのは、それだけ重大な作用だからである。呼吸とか心臓の脈拍（みゃくはく）も自動的だが、これは生命にかかわる最重要な作用だからである。

忘却はそれほどではないにしても、きわめて重要な活動で、うっかりして忘れたりしてはたいへんだから、自律になっているのであると考える。

それに比べると、記憶は自覚的である。覚えようとするから記憶される。知らず知らずのうちに頭へ入る記憶もあるが、大部分は記憶しようという意志によって覚える。つまり、人間にとって、記憶より忘却のほうがより根本的に重要なはたらきであると考えられる。

一日のうちに頭に入った記憶は夜、眠ってから、整理される。よけいなものは廃棄、忘却される。それをおこなっているのがレム睡眠と呼ばれる。

のどかな生活をしていれば、このレム睡眠の忘却で、頭の中はゴミ出ししたあとのようにきれいになる。朝、目を覚ますと、気分爽快（そうかい）、意欲も高まっているのは、忘却のはたらきのおかげであるといってよい。

忘却は頭の整理をすることによって、頭のはたらきをよくする。

現代の生活はのどかではない。情報、刺激といった記憶が過多になるおそれが少なくない。そういうものがストレスとなって、精神を圧迫する。自然な忘却力だけでは処理できないものが、障害を引きおこす。

これは自覚的忘却によって発散、霧消させるほかない。近年、レクリエーションやレジャー、スポーツなどがさかんになってきたのも、ストレス解消、忘却作用を高めるためだと考えることができる。

ストレスは悪い記憶の中でももっとも厄介なもので、それに対する忘却力は、なお充分とはいえない。忘れっぽい人、ものにこだわらない人は、ストレスから安全である。生真面目で、なんでもこだわるような人は、ストレスをためやすい。

忘却は大した力をもっていて、われわれの精神を正常、平和に保つのに大きな、目に見えぬはたらきをしている。

われわれはこどものときから、「よく覚えよ」と教えられる。さらに、「忘れてはいけない」ともいわれる。記憶と忘却は、敵対関係のように思い込んでいることが多い。忘却は悪者扱いである。

よく覚えていれば、ほめられるが、忘れっぽくて、正答できないのは頭が悪いのだと決めつけられる。いつしか、忘却恐怖症にかかる。

忘却にしてみれば、とんだ濡れぎぬである。記憶と反対のはたらきをするけれども、記憶とケンカしているわけではない。それどころか、両者は互いに協力してわれわれの頭のはたらきをよくしているのである。

こういう考えは普通ではない。記憶をよくしようとすれば、忘却を減らすほかないと考えるのが常識である。

私は三十年くらい、知識にかかわる仕事をしてきて、ようやく忘却の価値に目を開かれた。「頭をよくしたかったら、うまく忘却をはたらかせるべきだ」というのは、ひとつの開眼であった。

（もっとも、生来、記憶が弱く、すぐ忘れてしまう自分を弁護する思考でないとはいい切れないが、忘れっぽい人は数多くいて、むしろ、それが正常なのではないかと開き直ってみることもできる）

知識だけだと、どうしても、模倣的になる。創意とは縁遠くなる。博学多識の人にクリエイティヴな仕事ができにくいのも、知識で頭がいっぱいになっていて、自由に動けるスペースがないからであろう、と考える。

活発な忘却によって、頭の中のゴミ、ガラクタを処分してしまえば、頭には広々とした自由空間ができる。そこで独自の考えを生み、育てることができる。忘却のおかげを認めなくてはならない。

記憶と忘却、知識と思考が互いに提携すれば、個性的思考がおのずから生まれる可能性は大きい。記憶力も個性的でないこともないが、忘却力ははるかにつよく個性的である。

知識だけでの創造は容易ではないが、忘却と記憶が協合すれば、創造的な思考はずっと容易になる。

「価値ある思考、借りものではない思考は、忘却の陰の力に負うところが大きい」ということに気づいたのは、ひとつの発見であると勝手に考えている。

知識の時代はひと区切りをつけようとしているように思われる。思考の時代はすでにはじまっているが、多くの人が、知識を止揚（しよう）し、思考を志向しようとするのには、なお、いくらかの時間を要する。

その先に、理性の時代がひかえている。そうなれば忘却の役割がいっそう重くなると想像される。

カマボコ人間

小学校に額がかかげられていて、

「よく学び、よく遊べ」

とあった。校訓のようなものである。戦前、昭和ヒトケタのころのことである。

低学年の小さいこどもはもちろん、上級生になっても、この文句、なんのことかわからない。なんでもわからぬことを教える学校だから、わからなくても平気である。

あるもの好き（？）なこどもが、先生に聞いた。

「ぼくたち、よく遊んでいるのに、どうしてよく遊べ、などというのですか。うちでは、遊んでばかりいないで、すこしは手伝えと叱（しか）られます……」

先生がどんな返事をしたか伝わっていないが、おそらく困っただろう。先生たちにだって、遊んでばかりいるこどもに「よく遊べ」などというのは、ワケがわからなかったにちがいない。

そのためか、この校訓、いつとはなしに姿を消してしまった。いまは、語り草にもならない。

考えてみると、この「よく学び、よく遊べ」は、いまも役に立つ。学校教育のもっている欠点を指摘しているように思われる。

学校教育は、明治のはじめ、ヨーロッパを真似てはじまったもので、その誤りも忠実に踏襲した。

いちばん大きな点は、勉強に集中したことである。こどもを教室に閉じ込めて、一時間近くの授業を受けさせる。短い休み時間のあと、また軟禁状態の授業がつづく。これをくり返して下校となる。

こどもの生活は、学校にいるあいだは、停止されている。もっぱら学習である。もちろん学校から帰れば、カバンを放り出して友だちと遊ぶのだが、それは学校の知らないところである。貧しい農家などは、こども同士の遊びを嫌い、仕事を手伝わせた。

そういう生活と切りはなされた学習が、成長するこどもにとって有害であるかもしれない、などという反省は、少なくともわが国では、一度もおこらなかった。

もちろん、社会はそんなことには関心がない。学校は勉強するところ、知識が増えればそれでよい。いい成績をとればよいのである、と考えた。

「よく学び、よく遊べ」は、そういう近代教育に対して、勉学専念ではよろしくないと注意したものであったと思われる。学校は、こどもの活動、生活を停止して、勉強させるのをよしとしているが、同時に、こどもらしい活動、遊びを加えないと、立派な人間を育てることができない。

勉学一点張りの教育しか考えられなかったときに、そういう主張をして遊びをすすめるのは、たいへん大胆(だいたん)な考えであった。普通の教師に理解できなかったのはむしろ当然である。

イギリスには「勉強ばかりしていて遊ばないとバカになる（All work and no play makes Jack a dull boy.)」ということわざがある。〝遊び〟の強調である。

これは、教育学者にいえることばではない。庶民がとらえた知恵である。一心不乱に勉強すれば、優等生にはなれても、人間としての力をもっていない。

知識のかたまりのようなのは、〝知識バカ〟である。そういう思い切ったことを広告しているのである。逆説めいているが、逆説ではなく、ある真理を摘出(てきしゅつ)している。

昔の学校は、学業、勉学の場である。こどもらしい活動を停止して、勉強に専念させるのは当然である。「遊び」など問題にしていられない。遊びたかったら、校外でどうぞ、と考えていたのである。

その校外でも、遊びより勉強のほうが大事であると教師もこどもも考えて、机にしがみつく〝カマボコ人間〟を育てる。カマボコは、自由に動くことができない。時がたつと、くさって面倒になる、というわけ。

勉学と身体的活動を融合させなくてはいけないという考えは、実利主義の人たちの理解を得ることが容易ではない。教師自身が、勉強一点張りの教育を受けているから、遊びを認めるのはむずかしい。カマボコ型こどもを「よくできる」として送り出した。

勉強ばかりしているとバカになる、というショッキングなことを〝発見〟したイギリス人には、生活尊重の思想のようなものがあった。知識よりも経験を大切にする点で、学業、研究を好むドイツときびしく対立している。

どちらかというと、ドイツ流に近い日本人にとって、遊びの教育効果を認めるのに手間どったのは当然である。現在においても、知識と生活の問題は、多くの日本人にとって、悩ましい課題である。

くわしいことはわからないが、イギリス人は十九世紀のはじめに、勉強と生活の合体ということを具体的にやってみせた。

エリート養成のパブリックスクール（実は私立中学校）で、その実践がはじまった。全寮制であるから、そもそも生活的な教育だったわけであるが、時間割も、学科だけという偏向を避けて、校庭での運動、スポーツを織りまぜた。座学のあと、スポーツ、そしてまた勉強という時間割ができた。

パブリックスクールの優等生は、勉強だけではいけない。スポーツでもすぐれている必要がある。生徒会の会長のようなものになるにも、スポーツで頭角をあらわしていることが条件とされた。

このパブリックスクールの教育が成功して、ジェントルマン（gentleman）という人格者を育成した。かれらは世界を股にかけた活躍をし、イギリスの繁栄を築いた。

戦争になると、率先して従軍し、すばらしい活躍をする。一般国民が戦争をおそれ逃げまわっているとき、「わが国が、キミの力を求めている」のスローガンに進んで応じ、イギリスに勝利をもたらした。

イギリスと正反対に近い、学業、研究に専念したドイツが、第一次世界大戦のあとのイギリスを研究して、イギリス人が生活と知識をうまく調和させたのが勝因であるとし、パブリックスクール教育を評価した。

遊びが頭をゆるめる

学ぶということと、遊ぶということは、いかにも対立しているように見えるけれども、実はそうではなく、「よく学ぶ」には「よく遊ば」なくてはならない。両者は、車の両輪のような関係にあるということを示しているのである。

「よく学ぶ」と「よく遊ぶ」が、別々に並立しているのではない。よく学んだから、よく遊ぶ、それがまた、よく学ぶことにつながるのだというのである。

世間でよく、勉強とスポーツが両立しているのを文武両道などというが、「よく学び、よく遊べ」は、そんなことを指しているのではない。よく学ぶには、よく遊ばなくてはいけない。学びをよくするには、よく遊ぶ必要があるという含みがある。

常識的社会がそれを見落としてきたのは致し方ないことであるが、知的想像力の欠如(けつじょ)

をさらけ出しているようで、社会としては恥ずべきことである。

私はいつしか、我流の解釈をするようになった。

「よく学ぶ」のは、知識の習得である。記憶によってものを覚えるのである。休みなくこの記憶活動をしていると、あるいは、やがて知識飽和状態になる。

そのまま放っておくと知識過多、知的メタボリック・シンドロームになる。勉強ばかりしている優等生になる。

そうした事態を避けるには、「よく遊ぶ」のが、もっとも有効になる。「よく遊ぶ」あいだは、「よく学んだ」ことを一部、忘れることができる。頭の中のものを整理するのが忘却だから、よく学んでいくらか固くなった頭を、遊びによってゆるめる。そのあと、頭は爽快になって、新しいことをとり入れることが容易になる。

われを忘れて運動したあと、気分がよくなり、頭もすっきりする。つまり、忘却によって整理がすすんだのである。

そう考えていると、「よく学び、よく遊べ」が、「よく記憶し、よく忘却せよ」ということであるのに思い当たる。

記憶だけではよい記憶にならない。遊んでいるあいだの忘却によって、記憶の一部が欠落する。つまり忘れるのである。この忘却を経由した知識が、その人間にとって、力をもった知識となる。

また暗記した知識は、一時的にしか役に立たない。忘却をくぐり抜けたあとに残った知識が、その人間をつくる。

忘却は、記憶を昇華、洗練するのに必須(ひっす)のメンタルな活動である。そういうことに目をひらかれて、私の忘却論は歩み出した。

記憶が忘却と対立しているように考えるのは、おもしろくない。両者はむしろ相補の関係にあるのではないか、というのが私の忘却論である。

そう考えると、「よく学び、よく遊べ」が新しい意味をもって刺激的になる。

忘れるのをおそれ、嫌うのは、遊びをないがしろにする以上に、広く社会をゆがめているように考えて、忘却の弁明(アポロギア)を試みるのである。

朝考え、夜は寝るべし

「朝飯前の仕事」ということばがある。宵っ張りの朝寝坊が増えたこともあって、意味もはっきりしない。辞書を見ると、「朝飯前」とは、

朝の食事をする前の力の出ない時。「そんな事は朝飯前だ〔＝朝食前にも出来るほど、簡単だ〕」（新明解国語辞典）

とある。朝飯前にする仕事は簡単に片づくというところをとらえている。もちろん、誤っているわけではないが、もともとの意味は違っていたはずである。

ひと晩よく寝て、朝、目を覚ます。そのときの頭のはたらきはすばらしくよいから、ふだんなら手こずるようなことでも、さっさと片づけられる。食後の仕事ではそうはいかない。そういった含みで使われはじめたのが、朝飯前の仕事ということばであったはずである、と想像される。

朝寝坊が多くなって、朝飯前に仕事をするなど思いもよらなくなって、いまのような

意味へ変化したのであろう。

昔から、朝の仕事、朝の考えがすぐれていることを知っていた人はたくさんいたのである。

イギリスの詩人・小説家ウォルター・スコットは、難しい問題がおこって、みんなで考えあぐねているときなどに、口ぐせのようにいった。

「いや、くよくよすることはない。朝になれば、自然に解決するさ」

夜いくら考えてもわからないことが、朝の頭で考えれば、さらりと解決する、というのである。朝の頭がよくはたらくことを知っていた。

ドイツの有名な科学者ヘルムホルツは、学術論文を、朝、ベッドで書いたという。難しい仕事は夜するものというのは、古くからの常識である。朝、論文を書くという学者は、いまでも普通ではないだろうが、ヘルムホルツは、朝の床（とこ）の中で論文を仕上げたというので世人をおどろかせた。が、べつに変わったことをしていたわけではない。

頭の状態は朝がいちばん。少なくとも、夜に比べて、どれほどすぐれているかわからない。同じ人間でも、朝は夜よりずっと頭がよい。よい頭で目覚めても、一日いろいろなことをして疲れてくれれば、頭も疲れて、はたらきが悪くなるのは自然である。

朝のうちに論文を書き上げるというのは、きわめて合理的である、といってよいのである。

イギリスの十八世紀末の詩人・画家ウィリアム・ブレイクは、おもしろい話を残している。

朝考え　(Think in the morning)
昼働き　(Work in the day time)
夕方食し　(Eat in the evening)
夜は寝るべし　(Sleep at night)

そのころの人は、あまりものを考えなかったかもしれないが、考えるとすれば、夜だったと想像される。勉強も夜するのが常識だった。

それを考えると、考えるのは朝だ、といい切ったのは、詩人のセンスである。もっとも頭のはたらきがよいのは朝である、ということを知っていたのはおどろくべきことである。

そこで、どうして、朝は頭がよくはたらくのかということが問題になる。頭のはたらきは一定していて、朝から夜まで変わることがない。頭のよい人は一日中ずっと頭がよいし、頭のはたらきのよくない人は一日中ずっと同じように不活発であるように考えがちであるが、それがどうも、そうではないらしいというのは新しい知である。朝の頭が一日でいちばんよい。

では、どうして朝がベストかということになる。なぜ、朝の頭がすぐれているのか。それを解くカギのひとつが、「レム睡眠」である。

比較的、近年になって、明らかになってきたこともあって、レム睡眠ということばを知らない知識人も少なくない。

人が眠ると、途中で、マブタをピクピクさせることがある。それがレムで、Rapid Eye Movementの頭文字REMから命名された。たいていの人が、一晩の睡眠中に数回REMをおこなっているという。もちろん、本人に自覚はないが、そばにいて観察することはできるといわれる。

たいへん大切な、自律的なはたらきである。妨害(ぼうがい)されると、支障を生じかねない。

頭のゴミ出し

レム睡眠はなにをしているのか。

くわしいことは知らないが、頭の整理をしているのである。人が一日生活していると、おびただしい刺激、情報、知識などが入ってくる。それをそのまま全部、頭へ入れれば、頭はパンクしてしまう。どうしても整理しなくてはならない。

つまり、不要と思われるものを捨てる必要がある。その役割を果たすのがレム睡眠で、ゴミ出しをしているのだと考えれば、わかりやすい。

つい最近まで、われわれは日常の生活でゴミに悩まされることがなかった。ものが不足がちで必要なものも充分に入手できない。そういう状態では、不要なものがたまって困るというようなことはまずおこらない。

どこの家庭でも、出るゴミは自家で処分していた。一部は肥料(ひりょう)にしたりもしたが、処分に困るというようなことは稀(まれ)であった。

戦後、高度成長の豊かな生活は、消化しきれないもの、使いきれないものを激増させた。不要になったものはゴミとして捨てられるのだが、自家処分ができないようになって、社会問題化するようになった。

放ってはおけず、自治体がゴミ処理を重要な仕事とするようになる。ゴミ回収に多くの人手と経費を必要とし、焼却施設を造るのもままならず、ゴミに苦労する。

むやみにゴミを出されては困るから、行政がゴミの出し方を教えた。可燃ゴミ、不燃ゴミ、ビン・カン、ペットボトルなどに分別しないといけない。

分別は、もとは「フンベツ」といい、ものごとの是非（ぜひ）・道理を判断する意味のことばだったのが、ゴミ回収の行政が分類区別の意味で分別を使いはじめた。いまでは「ブンベツ」が「フンベツ」を上回っている。

レム睡眠は頭のゴミ出しをしてくれるのだ、と考えるとわかりやすい。

かつて、情報や知識などがそれほど多くなかったときも、レムは黙々（もくもく）としてはたらいていた。だんだん、情報、知識のインプットが増えるにつれて、その処理が大きな問題になり、それまで、意識されることのなかったレム睡眠が注目されるようになったのである。

知識の量が少ないあいだは、知識は多ければ多いほどよろしいと考えられる。ところが、知識情報が多くなりすぎる情報化社会になると、入ってくるものをすべて受け入れていれば、知識過多症、知的メタボリック・シンドロームになるおそれが現実的になる。「なんでも知っているバカ」が笑いごとではなくなる。

ゴミのような知識を排出することが、重要な精神活動になるのである。

自然はまことに偉大である。知識ゴミがあふれるようになるずっと前に、ゴミ出し機能を人間に与えていた。そのなかでもっとも目覚ましいのがレム睡眠である。知識ゴミがあふれるようになるまで、一般に認知されることもなかった。

レム睡眠は、知識ゴミ、情報ゴミの分別をだれに教えられることなく、自力でやってのける。やはり区別の基準があるにちがいないが、目を覚ました人間には、それがなんであるか、まったくわからない。

レム睡眠は、ときに誤った分別をし、捨ててはいけないものを捨て、捨てるべきものを温存させる、というようなこともないではないが、だいたいにおいて正当な分別をおこない、価値あるものは保存し、無用あるいは有害なものは、さっさと廃棄へまわしてしまう。大過がないから、人間は健康に生きていかれるのである。

もちろん、人によって、レム睡眠の基準が違う。Aが保存としたことを、Bは処分するということは絶えずおこっていて、それがそれぞれの個性とかかわるようになるものと考えられる。

まったく同じことを経験したXとYという二人がいるとして、十年後、二十年後に回想すると、二人の記憶は大きくズレていることが珍しくない。それぞれのレム睡眠の判断差によっておこるもので、まったく同じはたらきのレム睡眠は考えることもできない。レム睡眠はめいめいの個性と深く結びついている。

レム睡眠は忘却のためにはたらいているのだが、それを自律的にやっているのだからおどろきである。それと知らない人間は、それほどありがたいとも思わない。

なにかの事情で、それがはたらかなくなれば、人間はたちまち異常を訴えるはずである。われわれの多くは、一度もレム睡眠を意識することなしに、その恩恵を受けて一生を過ごす。

朝、目を覚ましたとき、たいていの人は気分爽快（そうかい）である。少なくとも、一日でいちばんいい気持ちである。それは、頭の中がきれいに掃除されたあとだからで、頭はのびのびと活動することができる。

そこでする仕事は朝飯前の仕事だから、スラスラ、うまく運ぶ。うまくいかなかったら、おかしいくらいである。

朝飯前の仕事ということばも、そういうなかでできたのであろう。せっかくの朝食前のよい頭だから、うまく使いたいのはやまやまである。しかし、お腹も空いているから、まずは朝食を、となる。

食べたものが入れば、それを消化する必要がある。体内の血液もそちらへ集まることになり、頭はお留守にされる。そうなればもう朝食前ではない。へたをすると、眠気をもよおすことになる。

朝食前の時間をのばすにはどうすればよいか。早起きすればいいが、寒いところで生活していると、そうそう早起きはできない。

しかしうまいことを考えた人がいる。朝食をずっとおくらせれば、遅く起きても、朝の時間はたっぷりになる。

そう考えて、ブランチ（brunch：breakfast と lunch の合成語）という昼食を兼ねたおそい朝食を考えた。これなら寝坊でも朝飯前の仕事ができる。

記憶の風化

ある人が、二十年ぶりに、なつかしい第二の故郷を訪れた。旧制中学校の五年を寄宿舎(きしゅくしゃ)で過ごした土地である。

町に着いて早々に妙な気持におそわれた、という。駅から学校までは道が狭苦しくて、どこかうす汚れている。途中、道に沿って流れる小川がある。かつてはきれいな水が音もなく流れていたのに、汚水がよどんで、なにか浮かんでいる。

学校の校舎も、そびえる、というほどではないが、堂々と建っていた。それが見すぼらしく、古びた建物になっている。頭に思い描いていた母校の面影(おもかげ)はない。なんとなく裏切られたような気になり、〝ふるさとは遠きにありて思ふもの〟という文句を頭にうかべていたという。

二十年のあいだに、町も建物も、年をとったのである。昔のままであるはずがない。

元の記憶も年をとって、変化している。風化がおこっているのだが、実際の変化は、記憶の風化より小さい。

しかし、記憶は、思い出をなつかしく美化し、拡大しているから、現実とのへだたりは小さくない。幻滅を感じるのは、その落差によると見られる。


F教授は、文学のわかる珍しい学者として知られていた。学生の信望もあつかった。記憶がよくて、手ぶらで教室にあらわれ、二時間の講義をする。話すことは覚えているのだ、と学生たちは舌をまいていた。

文学史の時間でも、手ぶらで、ノートやメモも持たずに教室へあらわれた。細かい年代などをスラスラいうのである。作品紹介なども、わかりやすく、おもしろく話すのが評判であった。

この先生の講義を熱心に聴いた学生が、あとでしらべると、先生が話したストーリーと大きく違っていることを発見した。記憶のすぐれたこの先生の記憶が、いつしか変容していたのである。記憶違いではなく、一種の創作であったかもしれない。

そういうことがいくつかあって、この学生は、記憶というものについて考えるようになった、という。

記憶は時がたつにつれて、すこしずつ変化するらしい。推移するのである。いつまでも元のままでありつづける記憶はない、といってよい。

ある老人が隣人との付き合いに苦しんでいた。なにかというと、小さなことでぶつかり合う。「お宅の木の枝がうちの庭へ伸びてきて危くなっています。なんとかしてください」などということを、電話でいってくるのである。

いなくなってくれたらいい。そう思っていたが、本当に、いなくなることになった。例によって、電話で簡単に、こんどよそへ引っ越すことになりました、と移転先も告げずに電話を切ってしまった。だが、そんなことはどうでもいい。嫌な隣人がいなくなるのがうれしくて心が軽くなる。

それからしばらくして、その老人を訪ねてきた人があった。隣の人はどうしたかと聞く。それを聞いて、嫌っていた隣人が、フトなつかしくなった。思いもかけないことだった。

どうしてそんな気持ちになったのか、自分でも不思議だったが、どこへ行ったのだろう。元気でいるだろうか、などとやさしい気持ちになっていたのを、自分でもおかしいと思った。

これは親戚の話。

老夫婦ふたりで暮らしていながら、絶えずケンカをしている。仲の悪い夫婦だと思っていたが、奥さんが急に亡くなった。その直後、あとに残った老人がどう思ったかはわからないが、しばらくすると、しきりに亡妻をほめ出したのである。〝あいつはエライやつじゃった〟が口ぐせのようになり、親しい人たちをおどろかせた。

時の流れによって、悪い記憶が風化して、よい思い出に化けたのであろう。本人はそのことに気づいていないから、まわりの人たちはその豹変に首をかしげた。

記憶はすべて時とともに変化、変貌、風化するようになっている。どんなに記憶のよい人でも、この記憶の変化と無縁であることはできないだろう。

万物は流転する

という。その伝(でん)でいけば、

万物は風化する

といってもよいだろう。

いつまでも元のままでありつづけるものはない。そのことに気づかないのは、幸福なのか不幸なのか、にわかに決めがたいが、多くの人は、知っても知らぬふりをしているらしくもある。

遠景、中景、近景

ある夏、バスで母子(おやこ)が富士五湖のひとつ、山中湖沿いを遊覧していた。右手の車窓から真ん前に、富士山が黒々とおおいかぶさるようにそびえている。母親がこどもに、

「ほら、ごらん、富士山よ」

と教えた。こどもは、

「ちがう、富士山じゃない！」

とはねつけた。母親は、まわりの乗客にも気兼ねして、

「富士山ですよ、いやな子ね」

と、いくらか声をはげましたが、こどもは頑（がん）として動ずる気配もない。

「ちがう！　あんなの、ウソの富士山だーい」

といい放った。まわりが、おもしろそうに笑った。


こどもは、富士山を知っていた、知っていると思っていたのである。写真によって何度も見たことがある。いずれも遠景。頂（いただき）に雪を冠した秀麗な山容である。

このバスから見えるのは、近景の、しかも逆光。黒々とした山である。まるで違う。見知っている山と目前の山が同一であるとは、とても認められない。「ウソだ」といったのは正直な気持ちなのである。

近景と遠景は、ときに、まるで異なっている。前に見たものと目前のものは容易に結

びつかない。

昨日今日の記録は、現実に近いためにもっとも正しいように考えられる。ニュースは、その近さのために、ニュース・ヴァリューをもつ。

すべてのニュースは、時がたつにつれて新しさが消えて、変質する。さらに、十年、二十年もすると、ほとんどのニュースは消えて、わずかなもののみが、歴史となる。歴史になった出来事は、しばしば、信じられないように変容しているはずである。

歴史は遠景において成立する。遠景を近景へ還元する方法がない以上、歴史によって過去をそのまま復元させることは不可能である。

歴史は、風化による創造である。

近景のことを扱う現代史というものがあるけれども、いわば比喩（ひゆ）であって、実体は疑わしい。中景の歴史も、なお雑物（ざつぶつ）が多く、かすんでいる。

遠景になると、ようやく結晶（けっしょう）した記録、記憶がものを言うようになり、時代を超えることができる。

大きな戦争があれば、戦記が生まれる。どこでも、昔からあったことである。いちばん戦場に近いところでまとめられるのは従軍記であるが、従軍記が後世に伝わることは例外的である。あまりにも近すぎるのがいけない。

十年ひと昔。昔の人がそういったのは、近景が中景になるのに、それくらいの時間を要するということを、それとは知らずに述べたものである。

十年たてば、相当、風化がすすむ。原景はかなり崩れ、忘失(ぼうしつ)されているはずで、中景となる。戦争を扱った文学作品でも、価値をもつものが生まれる可能性はある。近年の世界文学において、戦争を扱って成功しているものの多くは、この中景を扱ったものである。

しかし、中景の過去には、なお充分に美しくないところがある。

戦争の最中に書かれたものは、近景である。山でいえば、木の一本一本が見えるかもしれない。そのかわりに、赤く地肌をあらわしているところも目立つだろう。

中景になれば、そういう細部は消えて、黒々とした山容になる。

さらに時間が経過して、遠色になると、黒い山が青くなる。

遠景はものみな青い。それが歴史をつくっているのである。

人間は、古いことより、新しいこと、新しいものを喜ぶ心を共有している。元のものをありがたがって、時によって風化したものを、ゴミのように考える傾向がある。それで、近景はつねに遠景より勝(まさ)ると考えたいらしい。

新しいものを古くし、元のものを変化させるのは、すべてよくないものと決めてかかる。それが実は自然の理(ことわり)に反するということを忘れてしまっている。風化はそもそもいけないことだと決めてかかる。

昔から、大工は生木で家を建てない、という。風を入れ、乾燥させてから使う。その間に、風化がおこっていて、木材は上質になるのである。

一般の知識においても、生まれたてのものは危険であるかもしれない。

時間の流れのなかで洗われているうちに、おのずから、不純、余剰のものが洗い落とされる。近景のものが、忘却によって中景化する。さらに、時間がたてば、つまり忘却をくぐらせれば、遠景の洗練された知識に達することができる。

この間の変化、風化をすすめるもっとも重要な力は忘却である。

忘れることの上手な人は、労せずして早々と遠景に達することができる。それに対して、記憶力がつよすぎて、なかなか近景離れのできない頭は、遠景に達するのに手間どる。ひょっとすると、遠景はおろか中景にも達しないかもしれない。

万物は流転するというのは広く知られた名言であるが、万物は風化する、というのも同じように道理である。その風化をすすめるのが忘却であることを認めるならば、もっと忘却を大切にしなくてはならないはずである。

Ⅱ 忘却は英知の純化

頭の連作障害

学校の授業時間割は今も昔とあまり変わったところがない。全科をひとりの教師が教える小学校は問題ないが、教科ごとに教師が代わる中学校以上の学校では、時間割編成はなかなかの仕事で、ベテランが当たることが多い。

ひとりひとりの生徒の時間割をみると、国語のあとに社会、そのあとに英語、体育、そして数学というように脈絡（みゃくらく）のない学科が並んでいる。これでは、頭が混乱するのではないかと思われる。

実際は、そうしないと、時間割は組めないから、だれも文句をいわない。しかしおかしいと思う人はいるのである。

東京都のH高校は昔から天下の名門校である。教師もそういう誇りをもっている。雑然たる時間割はおかしい。生徒の頭を混乱させる。整然として筋の通った時間割にすべきだとして、改革をおこなった。

たとえば月曜の午前中三時限は、ぶっ通して英語をやる。午後は社会だけ。火曜の午前中は国語、午後は理科、といった具合。

こういうふうに、まとめた時間割にした。世間も興味をもって、好意的な人がかなりいたようであるが、やってみて、すぐやめてしまった。学習効果があがらない。学力が落ちるということがはっきりしたのである。エリート教師たちは赤恥をかいたはずだ。

どうして長時間授業は効果があがらないのか。当事者たちは当然、反省、検討したであろうが、部外者にははっきりしたことはわからなかった。ただ、細切れの授業のほうが、まとまった時間の授業より学習効果が高いことだけははっきりした。

同じ畑で毎年、同じ作物を育てると、だんだん収穫が落ちてくる。一般に連作障害といわれ、収穫逓減の法則がはたらくとされる。H高校の時間割改革が失敗したのも同じ理由によるものと思われる。

三時限ぶっつづけで授業すれば、一時限授業の三倍の学習効果が得られると考えるのは、収穫逓減の法則を知らないからである。三時限連続の授業は、一時限授業の三倍の学習効果をあげることはできない。かならず、三倍を割ると考えるべきである。

継続は力なり、というのは、この場合あてはまらない。まとめ授業は細切れ授業に及ばないのである。世界中どこでも、三時限、四時限ぶっつづけの授業などしているところはあるまい。H高校の改革は勇み足であった。

ただし、いけないとわかると、さっそくやめたのは知的勇気として評価されてよい。

それにつけても思い合わされるのが、中高一貫教育である。わが子が入試に失敗するのをおそれる親が増えて、高校入試を受けなくてもよい中高一貫教育が魅力的に思われるのであろう。

中高だけでは足りない、小中高一貫がもっと望ましいと思っている家庭もある。あまり実力のない大学が、附属学校をこしらえ、生徒を囲い込もうとする。小学校から大学まで同じところへ通学することが可能になる。家庭がそれをあこがれるから、いずれ、そういう学校が増えるにちがいない。

一貫教育が、〝連作障害〟を受けるのは明白である。収穫逓減の法則によって、学力がいまひとつという生徒が多くなることを覚悟しなくてはならない。

一般家庭、ことに少子化でこどもがひとり、というような家庭に育つ子を、一貫教育の学校へ入れれば、持って生まれた能力をまるで腐らせてしまうことが多くなり、社会の活力が失われるおそれが大きい。

そう考えると、小学校の六年も長すぎる。同じ学校に通うという点で連作障害がおこっているのかもしれない。小学校のとき転校したこどものほうがおしなべて学力が高いのは、連作障害を受けることが少ないからであろう。

こどもの転校を嫌う家庭が父親の単身赴任を常態化させたが、同じ理由で、一貫教育にあこがれる。あまり賢明であるとはいえない。

頭が混乱するのではないかと心配する大人もあるようだが、人間の頭はもともと雑多なものをとり入れるようになっている。国語、算数、理科をたてつづけに学習しても、いっこうに平気である。目先の変わったことのほうが退屈(たいくつ)しない。

国語だけを三時間もつづけて勉強するより、数学、理科と変えて学習したほうが変化があっておもしろいのである。

一時限ごとに違った学科を勉強していれば、連作障害のおこりようはない。

休んで忘れる

連作障害をおこさないために、もっと大事なことがある。

一時限授業は、そのあとに十分くらいの休みがある。これが大きなはたらきをすることをこどもは知らない。こどもだけでなく、教師も知らない。

休み時間に教室に居残ってノートを整理したりしている生徒がいると、のんきな教師は感心だとほめる。それで優等生になったりすることもないではないが、本当の学力が向上するわけではない。

休み時間は、やはり、教室から飛び出して友だちと走りまわり、遊びほうけるのが望ましい。さっきまでの授業のことなど、風とともに忘れる。そうすると、頭の中はきれいに掃除されて、なんでもこい、という状態になる。

教室へ戻って、前の時間になにを習ったか思い出せないような状態になっていれば最高である。新鮮な頭で次の勉強に入っていかれる。

教室に残ってノートをつくったりしている生徒は、次の授業へ移るのがすこしむずかしく、それこそ頭が混乱するのである。

授業と授業のあいだにある休み時間は、たいへん重要な意味をもっており、学習の一部であると見なしてよい。短いけれども、休み時間によって頭の整理がおこなわれる。じっとしているより体を動かしたほうが、忘却が活発になる。

授業で頭がいっぱいになったところで、よけいなもの、おもしろくないことが捨てられる。頭はゴミ出しをしたあとのようにスッキリ、サッパリする。頭のもっともいいコンディションである。

そういうことを生徒が知らないのはしかたがないが、教育の専門家である教師が知らないのはたいへんまずいことといわなくてはならない。

教師自身、記憶一点張りの教育を受けてきていて、せっかく頭に入れたことを捨てるなどというもったいないことは考えられなくなっている。忘れるのは学習の敵だと思い込んでいる。教師の知的メタボリック・シンドロームが多くなるわけだ。

遊んでいてはいけない、せっせと勉強しなさいという教育では、休み時間はせいぜい必要悪くらいにしか考えられない。昔からの誤解である。

学校では「忘れてはいけない」というのが原則である。休むと忘れるから、不休で勉強することになる。それが常識になっているのに、学校が休みをとる。いまでもサラリーマンに比べると、学生、生徒ははるかに休みが多い。

大人の社会は長いあいだ、学校に休みが多いことを羨ましがってきたが、週休二日制が導入されてやっと休みが増えた。ただ、その休みの活用がわからないから、生産性の低下を招きかねない。

学校も公立学校は週五日制になり、夏休み、冬休み、春休みがあっても、休みを生かすことを知らないから、学力低下につながるという連鎖を断ち切ることができない。

休みを生かすには、頭にたまった知識ゴミを捨てる、ゴミを出すしかない。つまり、うまく忘れて、頭のはたらきをよくするのである。

もちろん、忘却はすこしも悪くない。大切なはたらきであるということが見失われてしまったのである。人類退歩の一例である。

忘却が英知をつくる

もともとは、記憶と忘却は表裏一体であったと考えられる。記憶なくして忘却なく、忘却なくして記憶なし、というのが古来の知能であったはずである。

ものをつくる仕事が重視されるようになって、仕事をしない忘却はムダである、邪魔であるという考えが有力になって、知識一点張りの人間が優秀だとされるようになったのである。

そのために、本当にすぐれた人間があらわれにくくなった。歴史上の偉人の多くは、記憶中心の時代以前にあらわれている。

そんななかで、教育はさすがに、休みを大切にし、一般人以上に休みを多くとってきた。ことに夏休みは長い休暇で、その間、勉学は停止される。さぞかし、学力が低下すると思われるが、なお、長期休暇をつづけてきたのは、その間に、忘却がはたらいて、頭脳をよくすることを直観的にわかっていたのだと思われる。

そういう文化が消滅した近代においてもなお、休みを多くとるのは不思議である。ただし、その休みを生かす生活を見失ってしまったために、記憶を妨(さまた)げる悪者としての忘却が、ひとり歩きするようになった。忘却の不幸である。

現代においても、もっとも休みの多いのは教育であるが、社会の常識に引きずられて、忘却は記憶を崩す好ましからざるものという考え方がのさばっている。そのため休みは邪魔と考えられる。大きな誤解といわなくてはならない。

忘却によって、知識は英知になりうる、ということが認められれば、休みは生きることになる。教育においてだけでなく、休みによって頭をよくすることができることを考えれば、社会は大きく進歩するであろう。

休みの多いことは、その意味からしても、たいへんよいことである。それを見逃しているのは、一種の怠慢(たいまん)であるといってよい。

一夜漬け

中学生のころ、つまり、戦前の中学校のことである。

学期ごとに、期末試験がある。その結果で成績が決まるから、たいていの生徒が目の色を変える。試験は数日にわたるが、直前になると〝試験勉強〟をする。数学の試験のある前日には、数学の勉強である。

もちろん、簡単ではないから、夜遅くまでかかる。それを俗に〝一夜漬け〟と呼んでいた。一夜漬けは、即席である。そのころは、たいていの家庭が漬けものをこしらえた。それになぞらえて、急場のにわか勉強を〝一夜漬け〟と呼んだのは、ちょっとしたユーモアである。

ふだんはほったらかしにしといて、いざ試験になると目の色を変える。いかにも、平常心を欠いていて、おもしろくない。教師たちが注意する。

「試験の直前になってあわてて勉強したって、実力はつくものではない。日ごろから勉強しておかなくてはいけない。ふだんからよく勉強していれば、試験の前になってあわてふためくことはない……」

まことしやかに、そんなお説教をするが、どうも力がこもっていない。教師自身が一夜漬け勉強でやってきたのである。それを棚に上げていうのだから、そらぞらしく響くのは当たり前である。

素直な生徒には、そんなものかな、と聞く者もいたかもしれないが、たいていは、そんなことをいって点が悪かったらどうする、と思う。

いくらふだんから勉強しても、試験勉強をしなければ成績は上がらない、ということをこどもたちは知っている。上級生から聞いて知った者もいる。とにかく、教師の口車などにのってはいられない。生徒はそういう知恵をもっている。

学校はウソを教える、というが、一夜漬けよりふだんの勉強、というのもそのひとつである。

いくらふだんから復習などに力を入れる勉強をしていても、試験までには忘れることが少なくない。試験勉強をしないで期末試験にのぞめば、ひどい目にあうのははっきりしている。

それを否定するようなことを教師がいうのは、不誠実である。そういう心にもない教訓を真に受けるのは弱いこどもである。

まっとうなこどもは、そんなことは問題にしない。みんながしている一夜漬けをする。その上手、下手が、成績にあらわれるのである。

この場合、教師のいうことは誤っていて、生徒のしていることのほうが妥当なのである。

教師は、学習というものをよくつきつめて考えていないから、絵空事のようなことをいう。こどもは実際の経験によって、それを切り捨てる。こどものほうが大人より正直で、賢い一例であるといってよかろう。

試験勉強を本気で否定する教師はあまりないと思われるけれども、もし、信念をもって一夜漬けをバカにしているとしたら、それは大きな誤解をしているのである。しかもそのことに気づかないのだから、その害は小さくない。

なにかというと、「人間は忘れるものだ」ということである。ものを覚える記憶は、それなりの努力を必要とするが、覚えたことを忘れるのには努力する必要はない。放っておいても自然に忘れる。

いくらよく覚えたつもりのことでも、時がたてば、忘れていく。記憶はそれによってだんだん少なくなり、まったく消滅する記憶もある。

そうなる前に、呼び戻されるのが〝思い出〟であるが、元のことがすべて元どおりに再現されることは、まずない。思い出は、記憶の力によってできるのではない。忘却が記憶を食い荒らしてつくるものである。

楽しくなかったことも、時がたって追憶になると、〝なつかしい〟ものになったりするのは、忘れる力がはたらいた結果である。

学習においても、知識が変化することを認めないのは正しくない。

一〇〇のことを覚えたとする。いつまでも、そのまま覚えていられるわけではない。時の流れによって、記憶が洗われ、外側からすこしずつ、たくさんのことが脱落する。一〇〇覚えたことも、しばらくすれば、何分の一かになっているのが、正常である。もし、八〇も九〇も覚えているとすれば、それはむしろ異常だとしてよい。一〇〇をそっくりそのまま記憶しているのは人間的ではない。

コンピューターは時間にともなう忘却力がないから、一〇〇覚えたことはいつまでもそのまま覚えている。この点、人間は機械に比べて劣るように見える。

　しかし、人間の人間たるところは、忘却と記憶のからみにあるとすれば、忘れられないコンピューターをあわれむことができるはずである。

　記憶は一気にできる。一〇〇のことを一〇〇記憶する。そのままなら、いつまでも一〇〇が頭にとどまることになる。実際にそんなことになっては大変。なんとか適当な量まで減らす必要がある。

　そこで、忘却の出番となる。

　忘却は時とともにはたらく、一気に忘れることは得意ではない。時の流れに乗って、すこしずつ記憶を洗い落としていくらしい。

　そして、充分な時間が経過すると、たいへん大きな変化になっている。

　思い出は元のこととは似ても似つかないものになっていることも少なくないが、それはすべて、忘却作用によっておこったものである。

　記憶はそれなりの努力がないとはたらかない。覚えようとしないことが記憶になることもときにないではないが、知識のような価値のあるものの記憶には、意志と努力が必要である。学習において、記憶が重視されるのは当然である。

忘却曲線

知識は多ければ多いほどよい。昔から人間はわけもなくそう考えて、せっせと知識を記憶し、その知識が人並み以上になると、博識とか、生き字引、といってほめたたえた。

しかし、調子にのって記憶をつづけると、おもしろくない心的状態におちいる。

それを防ぐために忘却がある。

忘却は、多く、不随意(ふずいい)、つまり、自動的におこるのが特色で、この点、記憶と対照的である。

どうして記憶には努力が必要であるのに、忘却は放っておいても自然にすすむのか。

そんな浮世離れしたことに関心をもつのは、変わった人間だろうが、すこしは存在しないといけないのが奇人、変人である。

そういう変人は、記憶に劣らず、忘却が健康な精神には必要であることを認め、さらに、忘却は、記憶よりいっそう重要な作用であるかもしれないと考える。記憶は、覚えようとしなければ発動しないが、忘却は忘れようと思わなくても自然に忘れる。

努力を要するもののほうが、そうでないものより価値があるように思い込んでいる人たちは、記憶を大切にし、それを崩す忘却を敵（かたき）のように思った。

人は、放っておいても忘れるようになっている。

息をしようと思って呼吸している人は少ない。自動的である。ものを食べるのも大切だが、意志によっておこなわれる。呼吸は摂食より重大であるから、自動的なのである。血液の循環も生命にかかわる大事であるが、意志によっておこなわれるのではない。自然にできるようになっている。

人間にとってごく重大なことは、たいてい自動的におこなわれていることを考えると、努力による記憶よりも、自然にすすめられる忘却のほうが、重要なはたらきであることがいくらかは納得できる。

その忘却が時間とともにはたらくことをはじめて教えてくれたのが、ドイツの心理学の本だった。そのなかの「忘却曲線」を見てたいへんおどろいた。時間の経過に合わせて、どんどん忘れていくのである。

かりに一〇〇のことを記憶したとする。

忘却はその直後からはたらいて、記憶をどんどん侵蝕（しんしょく）し、減らしていく。二十四時間たつと半分ちかくになり、さらに記憶が減って四十八時間後は半分以下、七十二時間、つまり三日後には二〇パーセント台までになる。

ほかのことは忘れても、この数字は忘れない。


一夜漬けの問題に戻る。

ふだん勉強していれば一夜漬けのにわか勉強は必要がない、というのは、出まかせのきれいごとである。

いくら熱心に覚えたつもりのことでも、日がたてばかなり多くは忘れている。ずっと日がたってからおこなわれる期末試験のときに、生き残っている記憶はごくわずかであるとするのが妥当であろう。こどもはそれを直視して、直前になって再記憶をするのである。

試験は明日である。その間に忘れるところがあっても、知れている。徹夜をすれば、忘却の時間がなくなるから、もっとも有効な一夜漬けになる。

朝になって、頭が重くなっているのを喜んで、朝、人に会っても頭を下げない、下げると、せっかく頭いっぱいにしていることがこぼれ落ちる――そういう笑い話もあったくらい。

一夜漬けは、いかにも、忘却を否定しているように見えるが、その実はその猛威をおそれた発見であった。いい加減な人間がそれをないがしろにすれば、それこそとんでもないことになる。

風を入れる

かなり古い話である。

ある日曜の午前中、友人の家を訪れたら、本人が出てきて、

「家内がギンコウへ行ってしまって、お茶も差し上げられませんが、とにかく、お上が

りください」

と挨拶(あいさつ)した。

一瞬、妙な気がした。今日は日曜、日曜でも開いている銀行があるのだろうか。おかしい。〝行ってしまって〟というのも、銀行へ金を出し入れするにはぴったりこない。

そんなことを考えていて、やっとわかった。ギンコウは銀行ではなく、吟行だったのである。ここの奥さんが、ＰＴＡの俳句会にひかれて俳句をはじめたことは、以前に聞いて知っていた。

戦後、さかんになった女性俳句は新しい文芸である。仲間といっしょになって句会をひらく。珍しいところへ行って、句をつくりみんなで楽しむのが流行して、吟行が喜ばれ、新しい俳句が生まれたのである。

それについて、私は、はじめから懐疑的であった。さっき歩いてきたところの題材を、そそくさとまとめて句にしたようなものが、おもしろいわけがない。あまりにも新鮮すぎる。もっと時間をかけなくてはウソだ、と思ったのである。

吟行はもちろん悪くない。その興趣は貴重である。ただ、それをその場でことばにするのが問題なのである。

時がたって再訪すれば、また、新しいおもしろさがあるだろうが、それもそのまま形にしてしまうのは賢明ではない、眼前の姿ではなく、前に来たときの印象を回想して句にすれば、少なくとも、味わいが深くなる。

その間に、忘却がはたらく。よけいなところは落ち、大事なところが強調されて、まとまった詩情になりやすい。生のものはそのままでは詩になりにくく、回想されたものが心を動かす表現になる。

イギリスの詩人ワーズワースは、

「詩は静かに回想された情緒である」

といっている。

にぎやかな吟行では、詩情を見つけることは容易ではない。とにかく、時のたつのを待たなくてはならない。その時間で忘却がはたらく。時間と忘却は同体である。

印象、感興も、生のままでは美しくない。いったんは忘れて、また思い出す。そこで生まれるのが、美しい、おもしろい、人の心を動かす力をもつのである。

忘却がそこで大きなはたらきをするのだが、気づかれることが少ない、一般の認めるところとならない。

物理学者でありエッセイもよくした寺田寅彦（てらだとらひこ）について、おもしろいエピソードが残っている。

　ほかから原稿を依頼され、執筆を承諾すると、寺田寅彦は、その日のうちにおおよそのところを書いてしまう。それを引き出しに入れておく。締め切りになると、それをとり出し推敲（すいこう）、吟味（ぎんみ）する。よければ、それをそのまま渡す。気に入らなければ書き改める。

　頼まれて、書く気になったときには、つよい興味があるだろう。その力を借りて、考えていることを一気に書く。生気に満ちているだろうが、なお、不純なものがいくらかはある。

　しばらくすると、それが消えて、純度の高い表現になる。それを待つのは知恵である。寅彦のエッセイがどこか詩を感じさせるのも、こういう書き方によるのであろう。忘却の力を借りて渋い表現を得ることを、寅彦はどうやって身につけたのであろうか。

　ある小説家は、依頼された短篇作品をその日のうちに書いてしまい、しまっておく。締め切りになって編集者が原稿をもらいにくると、別室に待たせておき、書き上げてある原稿を推敲する。そういうようなことをするのが、かつてはそれほど珍しくなかったようである。

それを、〝寝かせる〟とも〝風を入れる〟ともいったが、すぐれた原稿を得る方法としてひそかに認められていたらしい。

書いたことをいったんは忘れ、やがてそれを思い出して新しくすることが創造性を高める、という洞察(どうさつ)は貴重である。

アーネスト・ヘミングウェイは、二十世紀アメリカ最大の作家のひとりといってよかろうが、文章にこだわり、新しい文体を生んだことでも評価されている。

死後、貸金庫から山ほどの未発表の原稿が出てきて、世間をおどろかせた。どうして貸金庫にそんなにたくさんの原稿を入れていたのかについて、興味をもつ人が多かった。

ヘミングウェイの流儀だったのである。

作品が書き上がると、とりあえず貸金庫に入れる。ある時間が経過すると、とり出してきて読み返す。納得すれば、発表へまわす。気に入らないと、また金庫へ戻す。

こういうことをくり返していたのであろう。未発表の原稿がどんどん増えてしまったのである。

ヘミングウェイもまた、原稿に〝風を入れ〟ていたのである。机の引き出しなどではなく、銀行の貸金庫というところが違うけれども、ある種の〝風化〟を見越しているところは共通している。

時の忘却力

風化は時の作用である。その時が忘却をはたらかすのだから、両者を結びつけて考えることができる。

時というものが、われわれにはよくわかっていない。これほど身近にありながら、正体もつかめないし、はっきりしない。

時計の示す時のほかに、カレンダーのあらわす時もあるし、歴史の中にも時が宿っている。それだけでなく、人間の体の中にも時が流れていて、めいめいが体内時計をもっている。生きているものはすべて時に支配され、時によって生きている。

人間は時によって生きる。時のはたらきのおかしくなったとき、人間は生きることをやめるのである。

それほど重要な時について、われわれは、あまりにも無知であるのはなぜであろうか。われわれが時について無知であるのは、時が目に見えないからであろう。人間は目で見ることのできないものごとを知ることができないようにできているらしいが、耳で聴いて知ることも多いのにもかかわらず、われわれの知識はほとんどが目に見える形をとっているのは不思議である。

時はいろいろなはたらきをしているが、生活から出る不要物、ゴミを処分するのは、そのうちでもっとも有用なものである。このとき、時は忘却力としてはたらく。

今日のことは、時の出番が少ない、忘れることができないから、おもしろくない。十年ひと昔のことは、時のはたらきによって、純化、美化されているから、美しく、なつかしいものになっている。時が忘却作用によって、加工した結果である。

今日のことは新しいからというので興味をひく。ニュース・ヴァリューというのは時の枠外であるから、短命である。新聞の記事は一日しか生きない。したがって、現代史というものも、存在することがむずかしいことになる。

時の浄化作用、美化作用を考えれば、新しいものより古いもののほうがおもしろく感じられるのは、すこしもおかしくない。過去は現代よりもよい、美しい、おもしろい、となれば、古いほどよくなる道理である。

　歴史で、もっとも古い時代が黄金時代であり、時代が下るにつれて、銀の時代、銅の時代となるのも、時の作用である。

　先にも述べたように、時は目に見えない、さわることもできない力であるから、時を実感するのは容易ではない。一生に一度も時を意識することなく終わる人が、かなり多いのではあるまいか。


　ふつうの人が時を間接的ながら意識するのは、忘却による。忘れるのは過去のことである。現在のことを忘れたりすれば、ただごとではない。

　忘れるのはいけないことだ、としつけられているせいもあって、忘却をおそれ、嫌う人は時の体験が貧しくなる。なんでも覚えていようとして、知識過多症、知的メタボになる人があらわれるのである。

　忘却を嫌い、おそれるのは、時の流れを否定するようなもので、自然の大理（だいり）に反することである。

　自然に忘れる――それはものを覚えるのに劣（おと）らず、生きるために必須の心のはたらきである。

記憶中心の学校教育がそれを顧慮（こりょ）しないために、忘却はとんだ被害を受けることになった。うまく忘れるのは、うまく覚えるのよりもむずかしいことがあるのを知らない学校秀才がゴロゴロしている。

忘却には時の力を借りなくてはならない。記憶したゴミを捨てようとしても、インスタントになくすることはできない。時のもっている忘却力を借りるほかない。

どんなことでも、時がたてば忘れられる。

そうして、われわれの頭はいくらかでもよくなる。そのところの理解がないために、記憶もよく生きないことになる。

一般に、忘却は記憶と対立するように考えられている。記憶にとって、忘却は敵である。忘却の弱いのは優秀な頭脳であると早合点（はやがてん）するのは近代のもっとも大きな誤りであるといってよい。

記憶は忘却と協力して思い出をつくり、詩を生み、歴史をつくる。

記憶は吸収する作用であるが、忘却は、不要なものを排出する浄化作用である。どちらも、一方だけでは存立し得ない。

このふたつがうまく融合したところで、「文化」が生まれる。

〝風を入れる〟のも、この忘却効果をねらった工夫で、しばしば、よい結果をもたらすので注目される。

生の記憶は消えやすい。忘却の風にあてて、風化、強化するのはひとつの創造である。

忙しい人ほどヒマがある

昔のことわざに、

「田舎(いなか)の学問より京の昼寝」

というのがある。いまは忘れられて、顧(かえり)みる者もないらしい。正しい意味がわからなくなって、ことわざの辞書まで、ピント外れの解説をしている。

だからといって、古くさい、とバカにすることはできない。おもしろい人間の生活、心理をうがっている。これに当たることばがないのは、世の中が進歩したのではなく、生活を考える力が衰(おとろ)えたことを暗示する。

田舎の学者は、なんといっても、時間に恵まれている。朝から晩まで勉強一筋でいけるのである。たいへん忙しいと思っているであろう。

ところが、実際はあまり進歩しない。勉強のしすぎである。

それに引きかえ、都にいる学者は、なにかと用事が多く、学問三昧（ざんまい）とはいかないが、仕事は早い。勉強もさっさと片づける。それでヒマができるから、昼寝ができる。人生の皮肉である。

いまの人間が、それをスンナリ呑（の）み込むことができないのは、生活についての考えがすすんだからではなく、皮相的になってきたからである。

ヨーロッパにも、同じようなことわざがある。

「忙しい人ほどヒマがある」

世界的名著『パーキンソンの法則』にあることわざである。イギリスの歴史・政治学者パーキンソンが、人間の非合理さを皮肉ったマンガ的エピソードの数々をその著書で紹介している。

ある有閑（ゆうかん）のレイディ。避暑に行っている姪（めい）にハガキを書こうとするが、アドレス帳を紛失（ふんしつ）してしまい、さんざん探して見つける。これに三十分。さて、なんと書いたものか、と思案投げ首で一時間。書き上げたハガキを出しにいくのにカサを持っていくかどうか考えるのにも時間がかかる。

ハガキ一枚出すのに、半日がかかり、へとへとに疲れる。

忙しい人なら数分で始末のつくことが、こうして、ヒマのある人にはとんでもない時間がかかる。忙しい人ほどヒマがある、というのだが、裏を返せば、ヒマのある人ほど忙しいのである。

ということは、忙しい、忙しいといっている人ほど、やることがないのである。本当に忙しい人は、ヒマを楽しむことができる。

世の中が複雑になるにつれて、ひとりひとりのする仕事の範囲がせばまる。専門的に細分化されたもののひとつをこなして、働いているように考える。いくつも違ったことをするのは不純であるように考えられる。心ある人はみな、自分の小さな仕事がすべてであるように思って専心する。

実際、ほかのことには目もくれず没頭(ぼっとう)する仕事なんてあるものではない。

人間は、いろいろ雑多なことをするようにできている。本ばかり読んでいて、ほかのことはなにもしない、できない人間が、けっこう〝忙しい〟というが、それをとがめる者がいないのが、すすんだ社会のように思っている。錯覚ではないのか。

川喜田半泥子は近代きっての陶芸家であるが、専門家ではない。地方銀行で頭取までになったバンカーであった。焼きものはいわば余技だったのに、いまは、陶芸家として歴史に残ろうとしている。

厳しい銀行勤めをしていて、どうして、まるで関係のないことに情熱を注ぐことができるのか。一人一業、専門が大事、と考える人間には理解できないことである。

多忙な生活のなかで、当面の仕事以外のことに手を出しても、たいていはうまくいかない。二足のワラジをはくな、といわれるがおちである。

半泥子が成功したのは、集中力があったからである。

銀行では銀行業務に集中して、〝他事を忘れる〟。作陶にあたっては、銀行のことは一時棚上げにして、作陶に〝われを忘れる〟のである。こうして、どちらも立派な成果をあげる。多忙の善用である。

イギリスの元首相チャーチルは、絵筆をとっては玄人顔まけの作品をものした。シロウトが真似てチャーチル会などをつくったが、どうだったか。チャーチルもやはり、集中によって時間のゆとりが生じたからである。

余技と書いたが、それらは生活の質を高めるはたらきをしている。

忘れ上手になる

わが国でも、もっとも多忙な日常を送っている医師に、絵を描いたり、俳句をつくったりする人がいる。

新聞に首相の日程、予定が載ることがある。朝から夕方まで、分刻みのスケジュールである。会議に出たと思うと、要人に会い、そのあと視察に出る。目のまわるほどの忙しさであるが、それで音をあげるようでは、首相はつとまらない。週末になれば、ゴルフを楽しむこともできる。忙しい人ほどヒマがある。

人間は、いろいろなことを同時にこなしていかなくてはならないように生まれついている。それでいて、心が分裂したりすることがないのは、選択と集中の能力をもっているからである。

しかし、恵まれた環境に置かれると、いやなこと、当面の仕事以外を敬遠するようになる。与えられたこと、できることだけをしていればいい、というのは、いかにもよいことのように思われるかもしれない。

専門をありがたがって、一業に専念する人は、しばしば、選択と集中の能力を喪失(そうしつ)するおそれがある。

専門の内側では、選択力の出る幕がない。はじめから小さなところを攻究(こうきゅう)しているのだから、集中力は発揮しようがない。べつに怠(なま)けるつもりはなくても、作業能率は低下し、成果も細くなる。

ある秀才は、若くして専門分野での業績をあげて、将来を嘱望(しょくぼう)されたが、年とともに力を失い、結局は、博学多識といわれる人間になってしまった。

その人が、後輩を戒(いまし)めた。あれこれ手を出しては、虻蜂(あぶはち)取らずになる。具体的なテーマをしぼって勉強しなくてはいけない、というのである。

注意を受けた後輩は目にあまる雑学派であって、専門以外の本を好んで読んだ。文学研究を志望しているのに、自然科学の思考法につよく惹(ひ)かれた。雑然としていて、自分でもよくわからなくなっていたのである。

先輩のことばは身にしみたが、とてもいわれるようにできない。われいずくへ行くや？　と思いながら年を重ねた。

三十年たってみると、専門の虫であった先輩はその道の大家（たいか）といわれる存在になっていたが、することがなくなって、無聊（ぶりょう）をかこつ日々であったという。

それに対して、専門がはっきりせず、あちらこちらへさまようような勉強をした後輩は、早々と専門から脱落し、通俗な問題をつつきまわして多忙だった。だんだんすることが増えていくのが、進歩しているような錯覚を与えたものである。

どちらがいいか。いちがいには決められないが、専門一点張りは長続きしないというところか。おもしろい。

「見つめる鍋は煮えない」という。まだかまだかと鍋につきっきりになっていると、うまくない。しばらく放っておくと、そのあいだに煮えている。

いつもつついていてはよくない。忘れる時間が必要である、というのは、正直、真面目な人にはわかりにくいところだが、人間には緊張の半面、放心が必要である。

緊張の連続では、悪いストレスが生じて大事になる。ストレスを散らすには、忘却の時間が必要である。

仕事をするのは結構である。たしかに、あれこれいろいろなことに手を出すのは、能率がよくない。的(まと)をしぼって、時間のある限りそれをやっていれば、いちおうの成果はあがるであろうが、わりあいに早く活力がなくなる。興味もうすくなり、倦怠(けんたい)を招きやすい。

ときどき、風を入れる。

つまり怠ける。忘れるのである。

レクリエーションに似ているが、レクリエーションではなく活性化である。それをすすめるのが忘却である。

することがいくつもあれば、沈滞がおこったら、ほかのことをする。それも倦(う)んでくるころには、はじめのことが新しい興味の対象に変身しているだろうから、それへ乗り換えればよろしい。

忘却は、かすかながら美化の作用をもっている。つまらぬと思って忘れてしまったものも、時がたってよみがえるときには新しいおもしろさを同伴している。

人間は、なにもしないでいても、忙しいという。忙しいのが好きらしいが、本当の忙しさというものを知るのは容易でない。

ことに学校で過ごす年限が長くなると、この間、生活が欠如しがちで、本当の多忙を知らないで社会に出ることが多くなる。

それにともなって、忘却力の低下がおこるのである。忘れ方が下手になると、忙しくもないのに多忙なように勘違いして、小さなことにこだわるのを知的であるように誤解する。

高学歴社会は、忘却力を向上させるための工夫をしないと、知識バカ、専門バカがどんどん増えることになる。

うまく忘れることができるようになるには、生活が多忙でないといけない。毎日が日曜日といった生活では、忘れることができないから、ボケという〝悪玉忘却〟があらわれる。

若い人でも休みすぎると、ボケるおそれがある。なるべく、忙しくして、積極的忘却のはたらきを大きくしてやることが英知である。

休みが増えて喜ぶのはこどもである。休日おそるべし、ということを解するには、生活の知恵が必要である。

忙しい人ほどヒマがある。

忙しい人ほどうまく忘れる。

Ⅲ　頭を知識の倉庫から思考の工場へ

決算型から予算型へ

ずいぶん古いことで、はっきりしたことは覚えていないが、日記というものに疑問をいだいたことがある。

大学へ入ったばかりという郷里の青年が遊びに来て、いろいろなことを訊(き)いた。覚えているのは、

「日記はつけなくてはいけませんか」

という質問である。

そのころ私は、せっせと日記をつけていた。学生のときからだから二十年ぐらい、欠かさず日記を〝つけた〟。どうして、〝つける〟というのか自分でもわからなかったが、いくらか自慢(じまん)に思っていたらしい。

いろいろ日記にまつわる話をしているうちに、日記はそれほどありがたいものか、という思いが頭をかすめた。もちろん、そんなこと初対面の人に話せることではないから、

忘れるともなく忘れた。

その後、まもなく、その疑問がよみがえるきっかけがあった。テレビで国会中継を見ていたら、予算委員会をやっている。どういう委員会なのかの予備知識はなくとも見ていておもしろかったが、予算と関係のうすい問題で政府を攻撃しているのが注意をひいた。どうしてこういうことが予算委員会の問題になるのか、不思議だった。

国会に委員会がいくつあるか知らないが、予算委員会はもっとも重視される委員会で、テレビの中継も多いようだ。

それにしても、予算委員会があれば決算委員会もなくてはならない。実際に存在する（参議院のみ）。ところがまるで目立たない。予算委員会とは雲泥の差がある。よくは知らないが、決算委員会の模様をテレビで中継することはあるのだろうか。

どうして、予算が注目されるのに決算がないがしろにされるのか。われわれにはわからないが、カネの使い方のほうが、勘定より政治的には重要だからと思われる。

企業は政治をしているのではなく、利益をあげることを目的にしているから、決算を最重要視する。株主にも決算報告をする。たいへんな作業で、決算報告を公表するまでに、二ヵ月以上もかかる。

ところが、予算なるものもあるにはあるだろうが、株主でも、よく知っていることは少ない。

個人の日記は、どちらかというと、決算型である。過去形の記述になる。日本語では、七時半起床、などと書くからテンス（時制）が曖昧であるが、これははっきりと過去形である。

英語は正直（?）だから過去形にして、主語を落とし、got up at 7:30（七時半起床）などとする。英語で主語を落とすのは、命令形の第二人称と日記の第一人称だけである。

日記は決算だから、過去形であるのは当然だが、それにいくぶんの忘却が含まれていることは否めない。忘却がはたらいているから、整理がすすむのである。

あるがままを日記に記入することは不可能で、一日の出来事を十数行の記述にするにはかなりの、ときには、たいへんな省略が必要で、それを可能にしているひとつが、忘却である。

日記をつけるのは、夜、寝る前が多い。かなり疲れているから、その日一日にあったことのかなり多くを忘れている。

日記をつけると頭の中からそれらを吐き出すため、頭がすっきりする。そして寝ると、レム睡眠でさらに頭がきれいになるというわけである。

前にも書いたが、朝は、いちばん頭の状態がよくなっている。

日記を翌日の朝、仕事はじめにつける習慣のある人もいるようだが、せっかくの朝がもったいないという気もする。朝の決算はおもしろくない。だからといって、すぐ朝飯前の仕事にとりかかるのも、感心しない。どうしたらよいか。

考えていて、予定を立てることを思いついた。日記をつける人は多いが、予定を立てるのを日課にするのは普通ではない。

だいたい予定といえば、いつ人に会うとか、どこで会があるといったスケジュールを書き込むくらいだと思っているのが普通だが、決算型の日記に対して、予算型の予定を立てるのは、一般的ではない。

それを試みたのは、もう中年をすぎたころであった。見倣(みなら)うものがあるわけではないからすべて我流である。

あまり大きくない用紙に、その日のうちにしたいこと、しなくてはいけないこと、約束、用件などを思いつくまま書き出す。朝の頭はよくはたらく。することがどんどん出てくる。それをつぎつぎ端から書き出すと、一日の予定表ができる。

その一覧表を見なおして、いちばん厄介だが、大切なことに◎をつける。ひとつでなければ◎1、◎2というようにする。それとは別に、おもしろそうなことに△をつける。あまりたくさんあっては実行がおぼつかなくなるから、◎も△も少ないほうがよい。この予定表によって一日を過ごす。仕事はてきめんにすすむ。

昔の人が「一年の計は元旦にあり」といったが、忙しい生活をする現代の人間は、一年に一度の予定、計画ではとても足りない。毎日の計は朝にあり、という考えでやれば、人生が充実することは確実である。

あるときアメリカの経営コンサルタントの話を聞いた。聞きかじったといったほうがよいかもしれないが、要点はこうである。

そのコンサルタントが、中小企業といってよい会社の社長から、成功の秘訣を教えてくれといわれた。コンサルタントは、こういったそうである。

「毎朝、その日のうちにする仕事を書き出しなさい。書いたら、そのうちで、いちばん難しいことに第一位の順位をつける。次いで厄介なことに二位とつけ、さらに三位と順位をつけてください。

そして、その順にしたがって、仕事をしてください。それでよい仕事がたくさんできるようになる。三年たって効果がなかったら、顧問料はいりません」

三年後に、この社長から高額の小切手がコンサルタントのところへ届いたという。この社長は、後年、アメリカ最大の製鉄会社USスチールの社長になったという。

私の予定表づくりは、その話を知る前からはじめたものだが、この話を聞いて感銘を受けたから、真似たつもりはなくても、模倣したも同然である。

未来思考から生まれる

予定は未来形思考で立てる。現在形の考えで立てているはずだが、現在というのは不安定でとらえどころがない。未来はもっととらえにくいが、未来は遠く先までつづいているから、いくらか頼りになる。

一日の予定を立てるときに書き込む未来は実感が乏しいが、未来形の思考であるという自覚をもつと、予定表がいきいきする。

未来形思考には過去形の記憶はまったく役に立たないどころか、むしろ邪魔になる。昨日までのこと、日記に記したようなことをすべて忘却しないと、未来は命をもつことができない。

忘れっぽい人、のんきな人、楽天的な人間は、過去形の記憶から自由になりやすいから、未来形の思考に適しているということになる。

学校の成績のよい人は、記憶力にすぐれていて、細かいことでもいちいち覚えているが、それが妨げになって、未来形の世界を心に描くのが下手であることが多い。なにごとも知識によって処理しようとする。

予定を立ててものごとを処理、解決するには想像力がなくてはならないが、知識を多くもっていると、想像力の翼に重みが加わるから、飛ぼうとしても、飛ぶことができない。新しい世界、未知の世界へ向かうこともままならず、過去をくり返すことになりやすい。

保守的という意識はないかもしれないが、概して優等生は保守的で新しいものを生むことを考えず、未知をおそれ、過去形の知識を大切にすることに生き甲斐を覚えるようである。なまじ記憶力がよく成績優秀であると、後ろ向きの思考しかできなくなることが多い。

つまり、頭がよすぎるのである。

すこし抜けたところがあって、覚えたこともどんどん忘れる頭は、点取り競争では後れをとるかもしれないが、おもしろいものを見つけたり、つくり出したりするチャンスに恵まれることになる。

記憶力のいい人は、日記をつけるのは上手かもしれないが、予定を立てる、計画を立てるところでは、記憶が邪魔をして、のびのびとした、おもしろいことを考えることができにくい。

いくら細かいことを書きならべてみても、日記では人生は変わらない。日記を読みかえして自己研鑽を試みる人もあるというが、それで新しい人生がひらけるということはないのではないか。

やはり、未来思考が大切である。

人間の目は前を向いている。すんでしまったことにかかずらう後ろ向きの思考は、自然に反している。鏡を使えば後ろのことが見えるけれども、しかしそれは前進するのに役に立つものではない。

後ろ向きで見えることは、なるべく早く忘れる。そして、先々のことを計画する、期待する。どんどん進歩する。

日記をつけるより、予定を立て、計画を立てるほうがおもしろい。予定、計画には夢がある。人間は夢を描いているとき、すべて善人であり、利発、聡明である。

夢は未来思考によって生まれる。過去形の記憶、知識、思考にしばられていては、いくら努力しても夢を描くことはできまい。

夢をいだくようになるには、重い過去の記憶を捨てる、つまり、忘れることが必須である。軽くなった翼に乗って未来へ向かえば、おのずから新しい世界があらわれる。忘却力は、夢が生まれるのに欠かせない産婆役をつとめる——そういうのが進歩思想である。

われを忘れたところで夢が出てくる。

記憶の棚上げ、棚おろし

人間には視覚型と聴覚型があるようで、文字に書いたことはよく覚えているが、聞いたことはすぐに忘れるという人がいるかと思うと、その逆に、一度聞いたことは忘れない、という人もいる。

どちらがいいとはいえないが、耳の記憶のよい人に頭のよい人が多い。少なくとも昔はそうであったらしい。

いまでも耳の記憶のすばらしくいい人は、いることはいる。

私は昔、大学で目の不自由な学生に英語を教えたことがある。一般の学生にまじって授業を受けたのだから、どんなにか苦労であったことだろう。

あるとき、大学の近くの道路を歩いていると、向こうから白い杖(つえ)をついた学生がやってくる。近くに来ると「外山先生、こんにちは」というからおどろいた。どうしてわかるのか、聞いてみる。

「二年前、先生の英語の授業を受けました。毎週、教室へ来られる先生の足音はよく覚えています」というから、「すごい記憶力ですね」といって別れた。

足音で人を識別するなど考えたこともなかったので、このときのことをいつまでも忘れない。

それに引きかえ、われわれの耳はなんと哀れなことか。ときには、家族の電話がわからなかったりする。

それを悪用して、家族を名乗った電話で大金をまき上げる詐欺（さぎ）が大流行している。耳バカがうようよしている現代である。いつまでたっても被害は減らない。

目が見えないと、耳がよくなるのであろうか。すばらしい記憶力をもった盲人（もうじん）が少なくない。もっとも有名なのは塙保己一（はなわほきいち）であろう。

本は読めないから、人に読んでもらう。一度聞くと、そのまま覚えてしまったといわれる。それで多くの本に通じることができるようになり、自分で本を出した。それも五冊や十冊ではない。和本だが、何千部も世におくったという。信じられないほどである。

博覧強記（はくらんきょうき）というのは、文字を読める人間についていうことで、文字を見ずして記憶するのをなんといってよいか、あらわすことばもない。

耳が頼りないとすると、目に頼るしかない。文字にして書いておけば、目はそれを見て記憶することができる。すると、それで安心するのか、やがて忘れる。

どこかに書いてさえおけば、しばらくのあいだ忘れてもかまわないから、と文字にする人が多くなる。

予定、スケジュールをメモする手帳をもつ人が多くなったのは戦後のことである。かつては、サラリーマンでも手帳を大切にもち歩くということはなかった。それだけのんびりしていたのであろう。

仕事が多くなり、会う人が増え、出なくてはならない会合が増えると、とても覚えていられないから、心覚えのメモが必要になる。それには手帳が便利だというので、みんなが手帳、手帳というようになった。

すべての行動予定は手帳に入っているという人は、紛失(ふんしつ)したらそれこそ大変。手足をもがれたみたいでどうすることもできない。もし紛失しても、拾った人が送り返してくれるように、返してくれたらきちんとお礼をしますと明記したカードなどを入れている人もあるらしい。

私は、文字に書いたことで忘れるという記憶の一時的留保を〝棚上げ〟と考えている。棚上げは、商売をする人たちのことばで、品物が余ったりすると、棚に上げて在庫を減らすのである。決算などで在庫を調べたりするのは棚おろしである。

記憶にも、こういう棚上げと棚おろしがあるように思われる。

ある人が花火見物に誘われた。庭先から眺(なが)められるというので、お宅へ伺(うかが)うことになった。手ぶらでは、というので、途中で果物の包みをつくらせて、それを持って電車に乗った。混んでいたから荷物は網棚へ上げて、同行の者とおしゃべりをしながら行った。降りる駅に着いて、あわてて降りた。ホームを歩いていて仲間が叫(さけ)んだ。果物を忘れたのである。駅員に申し出たが、置き引きがいたのであろう、戻ってこなかった。棚上げには用心しないといけないことを教えられた。

手帳に書き込むのも、これと似た記憶の棚上げである。

手帳に書き入れておけば安心である。記憶は棚上げできる。手帳が真っ黒になるのを活動的であると自慢することもできる。

書き入れたことは半分、忘れる。しかし、その後、棚おろししてやらないといけない。それを怠る(おこた)と、すっかり忘れてしまう危険がある。

ある評論家はメモ魔といわれるほど、なんでも手帳にメモしていた。もちろん講演の予定などもしっかり記入してある。

ところがあるとき、大きな講演をすっぽかした。会場から電話されたとき、仕事部屋で書きものをしていたそうである。それですっかり信用をそこなってひどい目に遭(あ)った、という。

あとで調べてみると、棚上げのしかたがまずかったらしい。その講演会の前に、大事なスケジュールが入っていて、それには忘れないように線まで引かれていた。すっぽかした講演の予定はそのすぐあとで、前の予定の陰に入ってしまったのである。

大きな記憶は近くの小さな記憶を消滅させるらしい。大きな棚上げ物品があると、それほどではない棚上げしたものは目に入らないらしい。

そういう事故はあるにしても、棚上げは便利である。できなければ、頭は混乱する。

物品の棚上げは、棚おろしを忘れることはあまりないだろうが、記憶の棚上げは、注意しないと棚おろしを忘れてしまい、混乱をおこす。記憶はものより始末が悪い。

知識の倉庫か、思考の工場か

文字が生まれて記録ができるようになって、頭はずいぶん楽になった。書いておけばいちいち覚えなくてもよくなる。

はじめはもちろん、記憶の棚上げという意識はなかったであろうが、実際に多くのことが記録されると、棚上げされたのと同じでひとまず忘れることができる。

昔の語り部(べ)は、すべてを記憶していなくてはならなかったが、文字にすることができるようになり史部(ふひとべ)(文書・記録をつかさどった人々)の仕事は、ずいぶん楽になった。暗記から解放されたのである。

記憶を棚上げした分、頭には自由にはたらくスペースが増えて、新しいことを考え出したりすることが可能になった。

かといって、棚上げしたものをそのままにしておけば、不都合がおこるのは、棚おろしを忘れてしまった棚上げと変わるところがない。

そこで、書いたものを読む必要がおこる。これは、記憶があとで思い出されるのに似ているが、自然忘却のはたらきが期待できないから、走り書きの書き込みなど、解読に苦労することになる。

近代教育は、印刷された記録を読解する能力を付与することを目的として発足（ほっそく）したものであるから、はじめから記憶の棚おろしに重点をおいた。棚上げの忘却を目の敵（かたき）にしたのは是非（ぜひ）もない。

よく覚えよ、忘れてはいけない——教える側も学ぶ側も、それが声にならない合い言葉のようになって、忘却は悪者になった。

しかし、忘却がはたらきを中止したわけではない。黙々（もくもく）としてそのつとめを果たしていて、いじらしいほどである。

悪くいわれながらも、忘却は知識などの棚上げをして、頭のはたらきを助けてきた。新しいことを考え出したり、おもしろいことを見つけたりすることができるのも、忘却によって、ガラクタのようなものを始末したからである。

その力をないがしろにしてはいけないのに、近代はずっと、誤った忘却恐怖症をひきずってきた。

忘却が、頭脳の純化をすすめ、頭を知識、情報の倉庫にしてしまわないで、一部で新しい知識、考えを生み出す工場のようにしてくれたことに、人類は感謝しなくてはならない。

忘れてはいけない、忘れるな、がわけもなく叫びつづけられてきたのは、むしろ滑稽でさえあるといえる。

学校の優等生は、棚上げすることを知らないで、なんでも保存しているようなもので、いくら広い頭でも、不要不急の知識であふれるようになる。新しい知識をとり入れる気持ちもなくなる。

学校秀才が、生涯を通じて見ると意外なほどに成長しないのは、知的メタボリック・シンドロームにおかされるからで、この〝秀才病〟を治すクスリはいまのところないといってよい。

一方、既往のものより、新しいもの、これまで存在しなかったものに関心をもつ頭脳は、とり入れた知識を片っ端から棚上げする。その大部分は、棚おろしされないまま消えていく。頭が倉庫のようになって動きがとれない、などということはおこらない。

しかし、試験などになると、うまく棚おろしができなくて、いい成績をおさめることができない。気の早い者は、自分の知的能力に自信を失って、心にもない仕事をはじめたりするようになる。

さしあたって注意したいのは、いまの社会が、視覚的記憶を賞賛して、聴覚的記憶をないがしろにしている点である。これを改めるだけでも、眠っていたおびただしい能力を目覚めさせ、活動させることができるようになる。

さらに、忘却を記憶と同じように大切に考えることによって、これまでは考えられなかったような新しい能力が育（はぐく）まれることが可能になる。

そうすれば、コンピューターの攻勢をむやみにおそれる必要もなくなる。なにしろ機械は、覚えることはできても、うまく忘れることができない。

思い出をなつかしくするもの

記憶も忘却も、ともにきわめて重要な知的活動であるが、強（し）いていえば、忘却のほうが記憶より人間にとって重要なはたらきであると考えられる。

しかるに、知識の教育に気をとられて忘却を悪者にしてしまったのは、大きな誤りであるといわなくてはならない。

記憶だけを心がける学校の優等生が、後年、見るべきはたらきをすることが少ないのは、忘却をバカにし、忘却を嫌ったからである。ことに、おもしろいこと、新しいこと、美しいことなどを考えることができないのは、記憶過多人間の泣きどころである。

忘却力を強化しないと、本当の知性は育たない。忘却は記憶以上に創造力を秘めているのだが、記憶万能社会はそれを認めようとしない。

いま人類は、コンピューターの進化におびやかされているといってよい。人間が機械に負けるかもしれないということが、いくらか現実味をもって語られるようになった。

この危機を乗り越えるために人智の総力をあげなくてはならないが、忘却の開発はもっとも有望な方法であるように思われる。コンピューターは、記憶力は絶大だが、選択的忘却という高度の活動は当分のあいだできる見込みがない。

まず覚えて、そのあとで忘れる、のではない。記憶より忘却を先行させなくてはならない。忘却によって頭を「タブラ・ラーサ（なにも書かれていない書板。白紙状態）」にできれば、新しい絵がいくらでも描き出せる。いますこし疲れているように見受けられる忘却力だが、新しく強化、活性化することができれば新しい人類文化の基盤となるだろう。

新しい記憶を受け入れる前に、忘却が古い記憶を整理するのだが、なんでもかんでも捨ててしまうのではない。吟味(ぎんみ)される。よいものは残し、よくないものは捨てる分別がおこなわれる。

なにがよいのか、なにがいらないのかは、忘却の決めることで本人にもわからないのだから、いくらか神秘的である。かなりしっかりした基準があるようで、その人の個性と深くかかわっていると考えられる。

同じことを経験した二人が、あとで記憶しているところを照合してみると、かならず違いがあるのは、この個性的忘却のためであろう。なにを覚えていて、なにを忘れるかは、偶然によるのではなく、その人の価値観や好みなどによると考えれば、忘却の力が大きいことを認めなくてはならなくなる。

さらに、忘却は、加工するようである。元のものをそのまま記憶するか、修正を加えるか、または廃棄してしまうか——。こういうことがすべて無意識のうちにおこなわれているのは、おどろくべきことだが、そんなことを考える人はまずいない。それで忘却がないがしろにされるのである。

忘却は記憶と力を合わせて、〝思い出〟をつくり上げる。回想は、記憶と忘却の協力によってつくり上げられるものであるから、元の記憶と食い違うのは当然で、ひょっとすると、記憶そのものにも忘却の力が作用しているかもしれない。その一部が、あとになって夢にあらわれたりするのであろう。

忘却は風化作用をともなっている。時のたつにつれて、対象を、おぼろにかすませるようである。近くにあったときはかならずしも美しくなかったものが、過去になると、だんだん美化される。〝なつかしい〟思い出は、忘却の美化作用によって生まれる。

ときに記憶が、この忘却のはたらきに異をとなえることがあっても、忘却の美化作用を止めることはできない。すべてのものが、忘却の風化作用を受けて美しくなる。記憶は黙して語らないから、そう認識するしかない。

こう考えると、過去は記憶によってつくられるものではなく、忘却によってつくられたものであると考えなくてはならなくなる。記憶の命は短く、忘却のはたらきは、それとは気づかれないが、きわめて強力で持続的である。

人間の精神も、記憶によってつくられる部分より、忘却によって支えられているところのほうがはるかに大きいのではないかと思われる。

いいかえると、記憶と忘却では、忘却のほうがつよい力をもっているのである。だから、記憶より先行して、記憶を助け、そして記憶がとり入れたものをチェックして過去をつくる。

忘却は記憶に先行し、そして、後始末、整理をする。記憶より大きなはたらきを、それとは意識させずにおこなっている〝巨人〟である。

それをこれまでは逆に、忘却は記憶を妨害(ぼうがい)、破壊する悪玉のように考えてきた。たいへん大きな誤りであったということになる。

記憶はよいものと考える人たちが、いつしか記憶を不当にまつ
り上げてしまったのである。記憶の超人的機械があらわれた現代において、古い記憶信仰は見直されなくてはならない。

目と耳

このごろはだいぶ下火になってきたが、高度成長の華やかなりしころ、文化講演が流行した。企業や自治体などが講演で人を集めた。それまで講演など聴いたこともないような人たちがおしかける。女性のほうが多かったようである。

新聞がそれをニュースにすることもあるが、「聴衆は、せっせとメモをとっていた」などと書いた。講演はメモをしなくてはいけないように誤解する人が少なくなかったのである。実際、話に耳を傾けるのではなく、話をせっせとメモしようとする人が多かった。

慣れないことではあるし、話のメモをとるのはなまやさしいことではない。話に追いつくことはできないから、おおよそのメモにすればいいのだが、その技術がない。

話している人間から見ると、メモをとっている人の顔は見えなくて、黒い頭だけに見える。

その昔、芝居の見物は、もちろんメモなどとる者はいないが、おもしろくないと、うつぶせに顔を下に向ける。おもしろいところへくると、顔をあげて舞台を見る。かすかな照明でも、明るく白く見える。それが〝面白(おもしろ)い〟ということばのおこりだという俗説がある。

せっせとメモをとった講演の聴衆は、おもしろくても顔を上げることができない。演壇から見ると、〝面黒く〟見える。おもしろい話でも、顔をあげることができないから、〝面白く〟はならない。

聴衆というのは、聴く人のことである。メモをとるのに夢中な人は、聴衆ではなく、にわか〝記者〟である。ホンモノの記者はそれと知らず好意で、「せっせと熱心にメモしていた」などと書いたのである。

話を聴いて書き写すというのは、こういう文化講演にはじまったことではない。おこりは古く、明治の大学にある、といってよい。

大学はいわゆる教科書がなく、教授の講義が中心である。教授はそのノート、原稿をつくってきて、教室で読み上げる。学生は、それを一言一句、のがさないように書き取るのである。

教授にとって講義原稿、ノートをこしらえるのは難行である。当日までに間に合わないことがしばしば。大学は「本日休講」の掲示を出す。学生はよろこんで遊ぶ。そういうことが絶えずおこっていたらしい。

講義を筆記するため、学生は大判のノートを用意した。〝大学ノート〟とのちに呼ばれるものである。すべて横書きである。

日本語は古来、縦書き、縦読みにしなくてはならないのだが、外国の大学の真似をすることが正しいと思い込んでいた大学は、そんなことに構ってはいられない。日本語の横書きをいかにもハイカラ、高級なように錯覚した。それで日本語の受けた被害は小さくなかったが、だれもそれを口にするものはなかった。

ことばの原理に背いて書く文字が美しくないのは、当たり前である。小学校の習字によってきれいな字を書くことができるようになっていたのに、横書きノートをとるようになると、目も当てられない字を書くようになるが、問題にされることはない。

それより問題なのは、ノートをとること。耳よりも目のほうが大事であるという思い込みのできたことであろう。

視覚型の人間には好都合であるが、聴覚型の人間はそれとも知らず、大きなハンディキャップを負わされることになった。聴覚人間は声もなく泣いてきたのだが、そのことに気づくことがない、というのは、いっそう哀れである。

これは前にも書いたことだが、おもしろいエピソードがある。かつての話である。帝国大学へ入学した青年が、遠縁の大学教授のところへ行って、ノートのとり方をたずねた。

その教授は、

「なるべくノートはとらずに、よく講義を聴くようにしなさい。そのほうがよく頭に入るのです」

といった。この大学生はひどくおどろいたが、とても、そんな真似はできないから、人並みにノートをとって卒業した。

その後、その若者は、ドイツへ留学することになった。向こうの学生にまじって講義を受ける。この人はノートをとるのに多忙だったが、まわりのドイツ人学生がほとんどノートをとらないのにおどろき、かつて親戚の先生から聞いた話を思い出した。

ドイツの学生がノートをとらない、といっても、なにも書き留めないのではない。大きな数字などはノートに書きつける。これは忘れると思い出すのが困難だからであろう。講義の本体はあくまで話であって、文字や文章ではない。耳で聴いて頭で理解するのである。

その点、日本人はユニークであったといってよい。耳より目を大切にする。談話より文章の記録をありがたがる傾向が強いのは、漢字という視覚中心の文字に生きてきた長い歴史が深くかかわっている。

耳の忘却力

目のことばと耳のことばでは、頭のはたらきも違っていることがある。目のことばである漢字のほうが分析的で、細かいことを区別できる。それに対応する音のことば、耳のことばが少ないために、いろいろな不都合がおこる。

コウガイということばがある。耳のことばを中心に生きている人たちは、これによって想起するのは三つか四つである。ところが、目のことばを集めた辞書を見ると、弁、口外、口蓋、公害、光害、後害、鉱害、慷慨、構外、港外、郊外、校外、梗概などといくらでも出てくる。（このほかにも字画の多いコウガイがいくつもあるが、繁雑であるから省いた）

……

これらは、目のことばに属している。目で見れば区別がつく。記憶も可能であるけれども、耳では聴き分けることはできない。

日本人にとって、目のことばと耳のことばが大きく分かれている。同じことばだというのがはばかられるほどである。

明治の昔、外国で、目のことばである文字と耳のことばが密接に結びついているのを見て、それを真似て、言文一致にしようとした知識人がいたが、いくらか考え違いをしていたのである。

日本語では、耳のことばと目のことばは互いに対応しない。別々の体系をもっている。すこしくらいの工夫では、これを融合することはできないのである。その証拠に、百年たったいまも、日本語はだいたいにおいて〝言文別途〟である。

ことばが目と耳で二分されているのは大問題であるが、そこを曖昧(あいまい)にしてきたのは、しっかりものを考えない証拠である。

目のことばの記憶は、耳のことばの記憶としばしば無関係である。日本人の思考が国際的に見てきわめてユニークで、理解されにくいのは、ここに原因のあることが少なくないと思われる。

年をとると、記憶が弱くなり忘れっぽくなるが、目の記憶のほうが耳の記憶より早く弱化するのに気づかない人が大部分である。目より耳のほうがつよい。

カンカンガクガク、セイテンのヘキレキ、ユウウツ、サギ、ギマン……

これらはひと通りの常識のある人なら知らないことはない。ところが耳の記憶では覚えているが、漢字で書けない。目の記憶のほうが早く消えるのである。

そういう人のために、「字引」というおもしろい辞書のあるのが日本語である。耳の記憶がなければ、字引は役に立たない。耳の記憶のほうが目の記憶よりも有力である。そのことを忘れていては、ことばは力を失うことになる。

目の記憶は知識をとらえるには適しているが、そのままでは、新しいものを生み出すことがむずかしい。過去中心、後ろ向きで、過去形である。過去形の思考で新しいことを生み出すことはきわめてむずかしい。

目の記憶、目のことばが力をもつには、耳中心の忘却力によって解体・再編される必要がある。

耳の忘却力は多様な生活のなかで強まるから、本ばかり読んでいる視覚人間は、うまく忘れることができない。知識が増えても、知恵が増えないどころか、むしろ活力を失って知的メタボリック・シンドロームにおちいったりするのである。

忘却は、知識過多にならないように記憶をスリム化することを通じて、頭を蓄積から創造に転ずることができる。知識をありがたがって勉学に専心する好学の人が、しばしば空虚になるのは、この耳のことばの生活的活力を欠くからである。

文字の栄えた社会で、目の記憶が尊重され聴覚型忘却が悪者扱いを受けるのは是非もない。

ただ、視覚型記憶の巨人であるコンピューターがどんどん進化している現代において、人間がそれに負けない力をもつためにも、いまのところ機械が苦手とする聴覚型忘却を強化するのは、きわめて合理的であるだろう。

Ⅳ　新たな思考が生まれる

ストレスでネコも死ぬ

ストレスが心身の健康の大敵で多くの人がそのために苦しむということが、ようやく一般の人たちの常識になりつつある。病気ではないが、いろいろ障害の引き金になる。このストレスがとらえられたのは二十世紀になってからで、まだ百年もたっていない。ストレスは新しいことばであるが、その実体は古くからあって、一部は広く知られ、おそれられていたのである。

英語のことわざに、「心配事でネコも死ぬ（Care killed the cat）」というのがある。三語ともK音ではじまっていて、英語としては調子がいい。

ネコはまた、ことわざで、「ネコは九つの命をもつ（A cat has nine lives）」といわれる。めったなことでは死なないというのである。バランス感覚がすぐれているのであろう。高いところから落ちても、ちゃんと四足で着地して、命に別状はない。不死身である。

そういうネコでさえも〝心配事〟には勝てなくて、命を落とす、というのが先のことわざである。心配事はストレス源になるから、おそろしいのである。

ちょっとした失敗などは、すぐ忘れてしまう。いつまでも気にかかる、というようなことは少ない。それが健康な心である。それに引きかえ、心配は持続的で、さっさと消えることがない。明けても暮れても思い悩むことがある。

こういういつまでも消えない心配が、ストレスになりやすい。

ストレスは、明けても暮れても、肉体と精神とを圧迫するらしい。その圧迫が永くつづくと、心身に〝しこり〟ができる。このしこりが、ストレス源である。それによって、心身はダメージを受け、障害をおこし、病気を呼び込むことになる。

ネコを殺すのもこのストレスだ、ということになる。心労で体調を崩し、思いもかけない病気にとりつかれるのも、ストレスの害である。

同じようなストレスでも、人によって異なったところがやられる。引き起こされる異常もさまざまである。ストレス自体の発見が遅れたのもそのためだと考えることもできる。

ストレスはおそるべき悪玉であるが、すべてのストレスが悪玉というわけでもない。

ストレスは危ない、といってストレスになりそうなことをすべて避けていると、活力が失われて、なにもできない人間になってしまう。活動には、善玉ストレスの力を借りなくてはならないのである。

この善玉ストレスと悪玉ストレスをうまく使い分ける、うまく処理するのが現代生活の知恵である。

現代は大小の刺激が多くて、悪玉ストレスは増大する一方である。それに引きかえ、善玉ストレスの効用は見落とされることが多い。これからは、ストレスの活用ということにも心を配らなくてはならない。

さしあたっては、悪玉ストレスのほうが問題である。

社会が複雑になってきて、情報過多になっている。心配のタネも多くなる。

それを悪玉ストレスにしないためには、よほどの生活の知恵が必要だが、いまは、それをしっかり心得ない人間のほうが多いから、ストレスによる心身の障害が増える。有効な対応のしかたができていないために、現代人は元気を失いがちになる。

クヨクヨしない方法

ストレスということば、名前を知らなかった昔の人も、ストレスをため込んではいけないことは、うすうすわかり、感知していた。

心配事にとりつかれていてはロクなことにならない、ということも心得ていた。

憂さばらしをする。お祭りさわぎをし、ぜいたくをする。仲間と遠くの神社、仏閣の参詣に出かける……。

お伊勢まいり、四国の八十八ヵ所巡礼も、ストレス解消に大きな効果があったからこそ、長いあいだ、多くの人の心をとらえたのであろう。

旅には出ないが、住まいを変える、というのもある。わけもなく転居する人がいるが、ひとつには、気分を一新したいのである。

「居は気を移す」（孟子）

新しいところへ移ると、おのずから気分も一新、たまっていたストレスもいっしょに吹き飛ばされる。

かつての医学は、患者に転地療養をすすめた。病院などにいてはストレスがたまり、それが病状をよくしないことを考えたのであろうか。新しい環境へ移ることで、ストレスが解消すれば病状改善につながるのである。

居場所を変えるのがいい、といっても、そうそう引っ越ししたりできるわけがない。いながらにして、悪玉ストレスをしりぞけることができないか。昔から、そう考えた人がどれくらいいたかしれない。

もっとも成功したのが、どんどん忘れる、クヨクヨしない、という生き方である。高齢でも、おどろくほど元気で体力のある人たちの多くが、「クヨクヨしない」楽天主義であるのが注目される。

クヨクヨしないのは、うまく忘れることである。心のしこりをつくらない。体に無理な緊張を与えない。そうすれば心身潑剌(はつらつ)、年も忘れるのである。

しかし、クヨクヨしない、というのはだれにでもできることではないから、よほど工夫しないと、平穏な老後はおぼつかないのが実際である。

ネコさえ殺すストレスを、忘却は消去することができる。

フールという賢者

シェイクスピアの戯曲を読むと、Ｆｏｏｌ（道化（どうけ））という人物が登場して、初心者をおどろかす。名はフール、バカ、であるが、決して愚者（ぐしゃ）ではなく実に聡明であり、ユーモアがあって、愛すべき人物である。

これは、シェイクスピアの独創ではなく、当時の宮廷や上流貴族のところに実在した。賢いところは隠して、わざとバカを振る舞うことを求められるプロなのである。王侯貴族の相手をするために、抱えられた役職であった。

いい加減な人間につとまるわけがない。おそらく高給を受けていたであろう知的エリートである。決してバカなどではない。第一級の知性の持ち主でないと、フールはつとまらない。

日本では、古く、茶坊主などといわれた存在がこのフールに当たるであろうが、歴史に残るのは豊臣秀吉における千利休などごくわずかである。

なんでも好き勝手なことのできる王侯貴族が、どうしてバカをよそおう人間を召しかかえたのか。下々の者は、昔から不思議に思ったにちがいない。高貴な身分の生活が、一般にはよくわかっていなかったのである。

権力者はオール・マイティのように考えられやすいが、トップはつねに孤独である。思うことがあっても、打ち明ける相手がいない、へたに本心を気取られたら悲劇である。悶々として楽しまず、ということになりやすい。

思ったことをいわないでいるのは、〝腹ふくるるわざ〟（徒然草）である。つまり、健康にさしさわる。

ストレスがたまり、腹ふくるる状態がつづけば、命が危なくなるかもしれない。

そういうことを考えて、なんでも聞いてくれる側近をつくった。それが、フールという知者である。それをつくったのは王侯貴族の知恵である。広く世の倣うところとなって、フールは珍重されるようになる。

近代の企業にも、権力者がいる。社長などの幹部は、いろいろ悩ましい問題をかかえて心休まるときもない。ひとりで対応しきれないから、秘書をつける。いわばフールである。

実力者は、家族にも話せないようなことも、秘書には打ち明ける。思ったことをぶっつけるなどというのは当たり前。それでトップはどれくらい助かっているかしれない。すぐれたリーダーにはすぐれた秘書が多い。いい加減な人間では秘書はつとまらない。優秀な人材が選ばれるわけである。

ただ、現代ではそれをフールなどといわない。秘書ということばの意味を確定することはむずかしいが、主人がいいにくいことを代弁する秘書もないわけではない。内閣には秘書官という役職があって、政治の実務に深くかかわる。秘書官の存在と影響力は、ますます増大する傾向にある。

やはり、首相とか大臣にはフールが必要なのであるが、昔の王侯貴族に仕えたフールほどの器量があるかとなると疑問であろう。秘書を養成するのはむずかしいにしても、すぐれた秘書を育成する必要はきわめて大きい。

政治家でも、社長でもない一般の人間にとっても、できればフールになってくれる人間がほしい。ただし、フールを雇ったりする力はない。どうするか考えた。

手近なところで、家族にフールになってもらう。妻のことを愚妻（ぐさい）と呼ぶのは家長の勝手だが、愚妻はありがたい存在で、かならずしも蔑称ではない。信頼と愛情がこもっている。

昔の賢妻、良妻は、愚妻と呼ばれるのを恥としなかった。妻が愚妻なら、息子や娘は、愚息、愚娘（？）になる。やはりフールであるといってよい。

家族が高学歴化して、愛妻を愚妻と呼ぶユーモアは通用しなくなった。こういう呼び方は消えることになった。フールの消滅である。デモクラシー社会では、フールは認められない。

フール、秘書のない家長は、家長ではなくなり、失脚すればただの働き蜂となり、心を病むことが多くなる。世の男性がひ弱くなるのも、ひとつにはフールを失ったからで、復権はおぼつかない。

現代がストレス社会になっている原因、理由はさまざまであるから、いちがいにはいえないけれども、ストレス解消の手助けをしてくれる者が身近にいなくなったことが大きな要因であることは認めてよいのではないか。

いまはバカ正直な社会であるから、聡明な人間でなければフールはつとまらない逆説を認めることはむずかしい。

ストレスを解消するには、忘却がしっかりしていなくてはならないが、それに気づく人が少ない。

フールは、ストレスを吹き飛ばすという異能にめぐまれている。忘れさせる力をもっていないとフールにはなれない。

気分転換

はっきり比べることはできないけれども、近年の生活は、昔に比べてずいぶん忙しく、あわただしくなっているといってよかろう。

疲れをとるというのも、ただ寝るだけではうまくとれない。心身を爽快にする必要があるが、どうしてよいかわからないまま、なんとなく無気力な生活になっていることが多い。ひどくなると、病気になる。

体も、不活発だと、知らないうちに異常を呈するようになる。それは医学的な症状である。

医者が散歩をすすめるようになったのは、余分なカロリーを捨てるのにもっとも手近な方法だからである。

日本人は昔から、散歩ということを知らなかった。明治以後、日本へ来たイギリス人が散歩を実践(じっせん)してみせたが、それに倣(なら)う者は多くなかった。

医師の散歩のすすめで、ようやく散歩の効用を知った日本人も少なくない。いまだに、散歩に懐疑的な人がいるところを見ても、よほど日本人は歩くことが嫌いだったのであろう。

散歩は体によいだけでなく、頭のはたらきもよくする。

そういうことを発見（?）したのもヨーロッパで、ギリシャの昔から、歩きながら哲学を論ずる人たちがいた。近世になって、散歩を日課とする人が知的な仕事で目覚ましい成果をあげた。

それに比べる例がないのは、日本文化の弱いところかもしれないが、芭蕉(ばしょう)の『奥の細道』などは、歩いて考えた記録であるととらえてもよい。散歩ではなく、旅に出たのである。

京都がヨーロッパの真似(まね)をして、〝哲学の道〟をこしらえたが、本当に歩いて考える人がそんなに増えたわけではない。散歩はなかなか定着しなかったのである。

　そこへ、健康のための散歩があらわれた。これには大きな反応があって、万歩計が流行し歩くことがブームのようになったが、詰まるところ健康志向である。精神的効果はほとんど問題にならなかった。

　散歩は体のためによいだけでなく、精神的効果もある、ということに気づくのには時間がかかるようで、いまだに周知とはなっていないように思われる。

　散歩はよくないストレスを発散させて、気分を清新にする力をもっている。濁った頭をきれいにする効果がある。

　散歩のあとは、する前よりも気持ちが明るく、積極的になっていることが多い。頭の中の雑念が、意識されない忘却によって払拭されるからであろう。それだけ頭がよくなっているわけで、哲学者が散歩を好んだのも、もっともである。

　ストレスをとり除き、心身を爽快にするのは、なにもウォーキングばかりではない。体を動かせばいい。汗を流せばもっといい。

　運動をしたあとの気分は最高であって、もちろん頭の中はきれいになっている。よくはたらく状態になっている。

ところが、実際に運動をする人で、そのことに気づかない人は、少なくない。空腹になっているから、ついものを食べたりする。それで、調子がおかしくなる。消化器へ血が集まって、頭が空っぽになり、うっすら眠気を催したりするのである。そういうことをくり返していれば、勉強などできるわけがない。

汗を流し、ストレスを消し去り、ハツラツたる頭で勉強をすれば、すばらしい。その人の最高の力を出すことができる。

文武両道どころではない。スポーツによって、頭脳は磨(みが)かれて鋭くなる。

ある大学の哲学教授は、旧制の高等学校生のとき、陸上競技の選手であった。もっと学業の成績をよくしたいと、勉強専念を思い立ち、陸上競技をやめてしまった。ところが裏目に出て、成績はかえって下がってしまった。あわてて運動を再開したところ、成績も元へ戻ったという。

体を動かすことが、頭のはたらきをよくする一例である。

スポーツがおもしろいという人が増えているが、自分ではせず、他人(ひと)の競技を見、それを応援して喜ぶファンが、近年、急速に増えている。

これは一種の代償行動で、自分がしているような気持ちになる。マラソンをテレビで見て楽しむ人が少なくないが、いくらか走った経験のある人は、ことに、自分も走っているような気分になるらしい。あとで調べてみると、脚の筋肉が疲労しているという。

そういう人にとって、マラソンの実況中継はスポーツの代用の役を果たしてくれる。一〇〇メートル競走よりもマラソンのほうが見ごたえがあるのは、マラソンのほうが時間も長く、変化に富んでいるからで、つまり、運動量が大きいからであろう。

マラソンに限らず、野球やサッカーにも女性のファンが多くなっているのは、代償スポーツによって生活を活性化しようとする人が増えてきたことを暗示している。

ストレス発散には、スポーツ観戦ほど手軽でおもしろいものはない。テレビのもたらした新しい文化である。社会的平和に寄与するところも小さくないだろう。

孤独を忘れる

レクリエーションというのは、もともと日本にはないことば、思想である。仕事だけしていてはいけない、不健康である。働いたあとはひと息入れて休みや娯楽を楽しめというのは、年中無休、はたらけや、はたらけ、といってきた貧しい社会にとって、受け入れにくいものである。

働きすぎはよろしくない。というので休みを増やし、企業は週休二日が当たり前になった。しかし、長いあいだ、休むことはよくないことと思ってくると、多くなった休日をすんなり受け入れることができず、休みに出社して仕事をしないと落ち着かないという人もいた。

休みのとり方がわかっていないのである。いいかえると、うまい働き方もわかっていないのである。それで、ストレスをためて、体をこわすことになる。

休みで疲れを忘れさせて、清新な気分になることができれば、心身はよりはたらくようになって生産性も高まるはずであるが、不眠不休のはたらき方がよいと考えていた社会にとって、レクリエーションの効用を納得するのは容易ではない。

いまだに上手な休みのとり方がわからず、心身の健康を害している例がきわめて多いのが実情のように見受けられる。

勤めをもっている人は休日でレクリエーションができるが、外へ出ることの少ない高齢者や家庭の主婦は、うっかりしなくても、ストレスのかたまりみたいになって老化を早めることになりやすい。

ことに年をとると孤独になりやすい。家族がいてもかまってくれない、相手にしてもらえない。それで、どんどん不活発になる人が少なくない。

そういう老人が、ものを言っている、と思ったら、ネコに話しかけているのだった、ということが実際におこっているらしい。

ネコでも、いないよりはマシである。へたに口をきかないから、家族よりかわいい。ネコが生き甲斐となる。ひとりでぼんやりしているよりどんなにいいかしれない。

あるすぐれた科学者が、まだ、そんなに年をとっていないのに、どうして人間をネコのように愛することができないのかと悩んだエッセイを書いた。

人間はものを言う。とくに年寄りには冷たいことばを吐く。それが聞く側にすれば、ストレス源になる。

ネコは口ごたえをしない、口をきかないだけ安全である。純粋にかわいがることができる。ペットはよき友ということになる。

人の嫌うペットほどかわいいといって、ヘビを飼っているアメリカ人がいた。日本へ来て心を開く人とてなく、無聊をかこっていたのかもしれない。人の嫌うヘビをペットにして心を慰めたらしい。

人間よりヘビのほうがずっとやさしいと、このアメリカ人は思ったのかもしれない。人間とははかなしいものである。

このごろイヌの散歩をさせている人がめっきり増えた。ことに女性が目立つ。公園などへ行くと、イヌに引かれて出てきたと思われる人たちがにぎやかにおしゃべりをして、いかにも楽しそうである。

こんなことをいっては悪いが、イヌのほうが、連れている人間より上等であることが少なくない。とにかく、イヌに心を癒やしてもらっているのである。

人間はひとりでいると、ストレスがたまりやすい。年をとると、またストレスがたまる。それを放っておくと、ロクなことはない。なんとかストレスを退治しないといけないが、なにごとも、増やし、ためるのに熱心な人間である。捨てることを知らない。うまく捨てることなど思いもよらない。

ストレスの少ないノンビリした時代ではさほどの被害がなかったかもしれないが、複雑で緊張の連続のような生活になると、ストレスがおそろしい心身の障害の原因になる。しかもそのことを注意してくれる人もないまま、苦しむ人がかなりの勢いで増えているようである。

こういう悪玉ストレスを発散、解消するには、広い意味での忘却がもっとも有効なものである。忘却によって、悪玉ストレスを善玉ストレスに転化できれば、すばらしい。

われわれは長いあいだ、「忘れてはいけない」と思い込んで生きてきているから、悪玉ストレスを退治させるには忘却しかないといわれても、にわかに忘れ上手になることはむずかしい。

むずかしくても、うまく忘れることができるようになれば、ストレス・フリーの明朗な生活ができるだけでなく、竹を割ったような明快な性格を育てることもできる。忘却に期待されるところはすこぶる大きい。

時のたつのを忘れる

若いときは勉強のしかたがよくわからない。本をひとりで読んでいるだけではいけならしい。ひとりでむずかしい専門書を読んでいると、よくわからないところがあるから、自信がなくなって憂鬱（ゆううつ）になる。

それで、仲間に呼びかけてグループをこしらえる。みんなで分担して、ひとりでは読めない本を読む。定期的に集まり、当番が下読みしてきたことをもとに、読んでいく。外国の本が多い。

ほかの者は聴き役で、質問したりするのである。読書会といったり、研究会と呼んだりする。修業の場だからみんな熱心に出席する。

めいめい、いろいろ得るところが多いが、あまりおもしろくない。ときに議論になることもあるが、活気に欠けるし、ひどく刺激的でもない。終わればそそくさと帰る。そういう読書会が多い。勉強になると思うから、我慢してつづけるのである。

私自身、大学を出て数年のあいだ、いくつもの読書会に参加した。いちばん印象的だったのは、シェイクスピア輪読会である。優秀な先輩がリードした。

あらかじめ分担を決めておく。めいめい時間をかけて、調べる。当番のとき、それを発表する。シェイクスピアのせりふを日本語にするのである。

ほかの人の分担のところはあまり下調べはしてこないが、発表者の解釈がおかしいと思うと、質問する。これがコワい。たいていはうまく切り抜けられないからである。

それで、会は役に立つが、開かれるすこし前から、なんとなく気分が重くなり緊張する。しかし、シェイクスピアが読めるという自信がついたのは大きな収穫であった。


大学を出てすぐ勤めた中学校が、予想に反してサッパリおもしろくない。自分の勉強が思うようにできないから、ウツウツと楽しまない日がつづいた。

見かねたのであろうか、同期の国文学の同僚が、どうした、と声をかけてくれた。勉強ができなくて元気が出ないというと、友人が「ボクもそうだ」という。いっしょに勉強会をしよう。二人だけでは淋しい。もうひとりの同僚で、同年の中国文学専攻の友人を引き入れて、勉強会をはじめることにした。

勉強といっても、何をやるかなどははっきりせず、ただ、三人で集まって勉強の話をしようということで、会は発足した。

月に一回、日曜の朝、メンバーの家をもちまわりの会場にして集まる。家人をわずらわすと長続きしないから、出前の寿司をとる。夕方までやって解散というのである。

やってみて、めいめいおどろいた。こんなに楽しい、おもしろい会合はないと思ったのである。ひとりが当番になると、はじめに短いレポートをする。あとは、それをサカナに、めいめいが勝手なことをしゃべる。

みんな専門が異なるから、わからないことがいっぱいだが、遠慮なく自分の考えを出す。それをもとに新しいことが話の中心になったりする。すべて談笑のあいだにである。

国文学、漢文学、英文学が会するのだから「和漢洋三才の会」だったが、さすがに照れくさいから、ただ「三人会」と自称した。

とにかくおもしろい。談論風発。もちろん、時のたつのなどわからない。はじめは夕方には終わることにしていたが、終わるのが惜しくなり、夕食を食べて話しつづける。十時ごろになって、やっとお開きにする。

月に一回では少ないが、我慢して、次の会を待つことにする。

いろいろなことがあって、三人の勤め先がちりぢりになったが、三人会は変わらなかった。ふり返ってみると、四十年もつづいたのである。終わりのころ、ひとりは金沢、もうひとりは広島にいたが、都合をつけて、東京でホテルに泊まって、ひと晩中しゃべったこともある。

まわりの人が興味をもって、どういう会だと聞くこともあった。その答えに、「まあ、井戸端会議のようなもので、それだけに楽しい」といったことがある。いまもそう思っている。

このごろは、本物の井戸端会議はなくなった。その昔、近所の主婦が洗いものなどを持って、共同の井戸へやってきて、気楽なおしゃべりをする。それを井戸端会議としゃれたのは、ちょっとしたユーモアである。どこの井戸端会議も楽しかっただろう。心にわだかまりがあっても、みんなとワイワイガヤガヤやっていれば、忘れるともなく、いい気分になる。帰りは別人のようになっていたりするから、ありがたい。

そういう場のない現代、悩みを発散する術（すべ）もなく、心を病む人が増えたのは、むしろ当然かもしれない。

デリケートな人は、井戸端会議に相当するものをこしらえることを考えなくてはならない。気心の知れた人たちと、心おきなくおしゃべりすることができれば、人間が変わる。明るく、元気になる。健康にもよく、もちろん頭もよくなるだろう。

談論風発、時のたつのを忘れるそういう会合をつくるには、ちょっとした注意点がある。

まず、同類で集まらないこと。同じ専門の人がいっしょになると、どうしても競争意識が出る。互いに防衛的で、しかも攻撃的になりやすい。会をすれば、気疲れする。緊張するから、疲れるのである。

専門や仕事が異なれば、ほかのメンバーはみな、いわばシロウトである。気兼ねなく、「鳥なき里の蝙蝠（こうもり）（すぐれた者のいないところでは、つまらない者が威張ることのたとえ）」になることができる。

ロータリークラブは世界的組織だが、各地に支部（チャプター）がある。同じ支部に同業者はいないのが原則だという。会をおもしろくするのに、たいへん賢いルールである。例会に欠席する人が少ないといわれるのも、そのためであろう。

われを忘れる

イギリスが産業革命で世界をリードすることになったその元は、「ルーナー・ソサエティ（Lunar society　月光会）」という小さな集まりにあるといわれる。

ルーナー・ソサエティは十名たらずのメンバーで、毎月、満月の晩に集ったところから月光会の名がついた。

中心のエラズマス・ダーウィンは有名なチャールズ・ダーウィンの祖父にあたり、名医として有名だった。ときの国王から侍医になってほしいと懇請されたのを、「患者がひとりきりではつまらない」といって断ったというので、奇人扱いした人もあった。

そのエラズマス・ダーウィンのまわりに科学者、技術者、牧師などさまざまな仕事をする人が集まって、談論風発、おしゃべりをしたらしい。

そのなかから酸素の発見（プリーストリ）、蒸気機関改良（ワット）、ガス灯の発明（マードック）など世界的発明・発見が相次いだ。やはり、同じ専門の人たちでなかったのが成功のもとであったと考えられる。

二十世紀のはじめ、アメリカのハーヴァード大学は不振に苦しんでいた、といわれる。ときの総長がそれを惜しみ、新しい学術振興の手を考えた。大学院の異なる専攻学科から一名ずつを選んで、週に一回の談話会を開くことにした。総長が最高級のワインを奮発した、という。

お互いに専門が違うから、細かい問題ではなく、根本的なことが話されたようである。のちにハーヴァード・フェローズと呼ばれるようになったこのクラブは、すばらしい人材を育て、しばらくすると、ノーベル賞を受ける研究者が続々と生まれるようになった。やはり、同じようなことをしている者のいないことが、創造性を高めるのであろう。

ひとりでする勉強は小さく固まりやすい。仲間といっしょに張り合ってする勉強は質が高い。

ひとりで学問をするのでは、談論風発もないから小さく固まってしまうが、いろいろな人と付き合っている学者には飛躍がある。

勉強はひとりでするもの。そう思って若い人は、本ばかり読む。

その努力は立派であるが、そのわりには伸びない。独学も大成しにくい。教える人がいれば進歩は早いだろう。

しかし、ひとりの先生だけに教わっていては限界がある。仲間といっしょに学ぶと大きく進歩することができる。

もっといいのは、談話会である。めいめいの仕事や趣味が違っていれば、談話会は夢のようにおもしろくなることができる。

いい雰囲気のなかで気持ちよくしゃべっていると、われを忘れる。

そしてふだんは浮かんでこない、心の奥に眠っていることが飛び出す。自分でもおどろいて、いっそう熱中する。文字どおり、われを忘れるのである。

まわりに気兼ねのある人間がいては、われを忘れることがむずかしい。まわりに遠慮する人がいないと、心はのびのびとし、存分に頭がはたらく。

本当にわれを忘れると、自分でもおどろくような考えが飛び出す。おしゃべりの妙である。

われわれがそういう場をつくるのが下手なのは、誤った個人主義のせいであろう。小さな個性でできることは知れている。新しい、大きな世界をひらくことはできない。

われを忘れることによって、新しい自己があらわれる。そうとわかっていても、ひとりでは、自己忘却は不可能に近い。

「三人寄れば文殊の知恵」というが、仲間と談笑することで、だれでも、文殊の半分くらいの知恵を出すことはできる。
五、六人の同志の者が、浮世離れしたおしゃべりをすれば、びっくりするような新しいものが生まれる。現代は、なお、そのことをよく理解していないようである。
「われを忘れる」のは最高の忘却である。心身ともに爽快、清新になる。

V

よく覚え、よく忘れる

経験と体験

三十年以上も前のこと。

チャイムを鳴らして、玄関から、幼子(おさなご)を抱いた若い女性が入ってきた。きれいな人である。なにかと思っていると、

「お庭のみかん、この子に取らせてやってくださいませんか。みかんを取る経験をさせたいと思います」

というからおどろく。そして腹が立った。

「おことわりします。うちでも取らずに、眺(なが)めて楽しんでいるんです」

あと、なにをいったか覚えていないが、相手もおもしろくなかったのだろう。荒々しく出ていった。

この女性はどこかで、人間が成長するには経験が必要だ、というようなことを教わって、わが子にそれを実践(じっせん)させようと考えていたのかもしれない。だいたい、経験などと

いうことをしっかり考えたこともないのに、経験ということばにあこがれているのかもしれない。

それを臆面もなく実行に移すところが、かわいいけれども、幼稚ではある。それを得々と見せびらかすようなことをするから、おかしなことになる。

わけもわからない幼子に、知らない家のみかんを取らせてもらうなどということが経験になると考えるとしたら、間抜けだといわなくてはならない。

そんなことも忘れたころ、庭に出ていると郵便の配達さんが来て、郵便物を手渡しながら、

「お宅のみかんの花の香り、角をまがると香ってきますね」

という。こちらは、みかんの花がいい香りを放つということを知らなかった。

「お国はどちらです？」

「静岡です」

「あのみかんは、静岡で苗をもらってきたのです。このごろはだいぶ味がよくなりました。秋口になったらあげましょう」

というと、実にいい笑顔をのこして消えた。顔見知りになった。

この人にとってみかんは、経験である。みかんとともに暮らした日々のことが生きている。それも郷里をはなれて生活しているからである。みかんの花の香りは経験の香りで、なつかしく、甘美である。

経験は思い出となって、のちのちいろいろなことを教えるようになる。

同じ経験でも、楽しい経験より、苦しい経験のほうが人生価値が大きいように思われる。たいていの人が、この苦い経験をうとましく思うから、経験の価値が小さくなっているのである。

そう考えると、

「経験は最高の教師である。ただし月謝が高い」（英国の評論家トーマス・カーライル）の知恵がわかってくる。

経験はわれわれを教え育ててくれるすばらしい教師だが、授業料が高い。つまり、苦しく、つらい、痛いことの経験でなくてはいけないというのである。楽しい、おもしろい経験もないではないが、〝最高〟ではない。

先のことばは、したがって、「苦しい、つらい経験がいちばんよく人間を育ててくれる」ということになる。

お祭りは、人間を育てる経験にはなりにくい。若くして亡くなった母親は遺児に多くのことを教えることができる。悲しい経験はすぐれた先生として、だれもが教えてくれないことを教えてくれる。

他所（よそ）の家のみかんを取ってもなんの意味もない。おもしろいと思っても、よい経験にはならない。そんなことが経験になると考えるのは、知識のせいである。知性が欠けているのである。


われわれは気軽に、経験、経験というけれども、なにが経験なのか、経験とはなにものなのかを考えることが少ない。

知識として、経験は大切であることはわかってはいるが、本当のところははっきりしていない。ことばだけがひとり歩きして、おかしなことになる。「みかんを取らせて」はその一例である。

経験は生活の断片であるが、昨日今日の生活ではない。生活のなかで体験し、いったんは忘れ、そして、なにかのきっかけで思い出しては、また忘れる。そしてまた思い出して、忘れる。

これをくり返していき、生活体験が経験になるように考えられる。あるがままの体験が、そのまま経験になったりすることはない。忘却が時とのコンビで、元の生活体験を昇華させる。風化させ、変質させて、経験になるのである。多くの楽しい生活の記憶は、忘却によってうすめられるから、経験となることが少ない。

苦難、悲しみは強い力をもっているから、簡単には消えたりしないで、忘却の波を何度もくぐり抜けて生きのこる。元のままではないものになっている。

元の体験のままが経験になるのではない。もし、そうだとしたら、その人は普通の頭をもっているかどうかが疑わしい。

忘却は経験を産み育てる母親のようなものである。生まれたままが経験になるのではなく、時間をかけて経験ができる。

昔の人のいった「三つ子の魂百まで」は、こどものときの体験とそれにはたらく忘却とが協力してつくり上げる、〝個性の原型〟と考えることができる。

その間の忘却のはたらきはきわめて大きいが、これまでそれを認めようとしなかったために、忘却力も悪者のように放置されていたのである。

失って得るもの

忘却は時間の流れに沿って、記憶、知識などをすこしずつ典型化、理想化させていきながら、ゆっくり変質もさせていく。

しかし、それを自覚することはない。もちろん、他人がそれを見ることはできない。すべてが自動的、深層においてすすむ。

十年もたてばかつての体験の記憶は、経験に昇華している。すべての人にこの変化があるところから、かつての人は、これを「十年ひと昔」と呼んだのである。

経験になるには、それくらいの時間が必要である。元になる体験はこどものとき、若いときにしておく必要がある。年をとってからの苦しく悲しい体験は、経験になるまで待つことができなくて、ただの不幸に終わりやすい。

「若いときの苦労は買ってでもせよ」というのは、経験を豊かにするには、時間のある若いときでなくてはいけないと教えたものである。

実際は、その逆になることが多い。世の親はかわいいわが子に、すこしでも苦労させまいとして、ネコかわいがりにかわいがって、箱入り、温室育ちにしてしまうことが多いのである。

恵まれた家庭で育った者がどこかひ弱く転びやすく、いったん転ぶと、立ち上がれぬことが多いのは、経験、苦い経験が足りないからである。

もっとも、後年になって失敗、不幸をしっかり経験とすることができれば、そこから経験をつくり上げることもできないわけではない。

しかし、幼少のときの、きびしい生活がつくる経験には及ばない。やはり、苦労は早いうちにしたほうがよい。

かなしく、つらいことといえば、幼いときに親、ことに母親を失うことであろう。こどもは親を失うということの意味がよくわかっていない。

それでも、親を亡くした子は、そうでない子の知らないことをいろいろ背負い込んで大きくなる。苦しみを感じないまま苦しむのである。

それがやがて経験となって、さまざまなことを教える。幼くして親を失った子は、おしなべて、しっかりしており、強くたくましい。

いつのことか、はっきりしたことは覚えていないが、新聞がおもしろい調査を発表したことがある。新しい総選挙で選出された国会議員の短い経歴が、一覧になっていたのである。そこで思いがけないことが目を引いた。

こどものときに親を亡くした人が、びっくりするほど多いのである。小さいときに両親を失っている議員はひとりならずいて、感銘を受けた。

親を失って育つというのは、たいへん大きな不幸といってよい。充分な成長ができなくても、しかたがないと思われる。

ところが、これらの当選者のなかに、その不幸で、不利な生い立ちをした人たちがおどろくほど多いのである。経験に教えられて、たくましく成長したのであろう。つらい経験が、激しい競争に負けない人間力を育てるのだということがわかる。

入学試験に落ちる人は、幼いときに親を失う人よりはるかに多い。浪人はおもしろくないが、その経験のある人は、秀才で、受ける試験にすべて合格したというような人にはない人間力をもっていることが多い。

大学入試に三度失敗しながら、後年、〝神の手〟と称される名外科医になった順天堂大学医学部の天野篤教授のことはよく知られている。

病気も、こどものときの病気は後年、経験としてのはたらきをする。絶えず病気をしていつまで生きるかと心配された子が、成人するとだんだん健康になって長生きする例はすこしも珍しくない。

他方、医者にかかったことがないのを自慢していたような人が、思いもよらず早死にしたりする。

人生の皮肉ではなく、経験がものを言うのだ。病気も若いうち、早いうちにかかっておいたほうがよいのである。

病気知らずは決して健康を保証しない。病気で苦労しておくと、あとあと、長生きできることが可能なのである。

はじめの「みかんを取らせて」のお母さんにしても、ああいう苦い思いを昇華させて経験とすることができれば、いい人生を送っていくだろう。

忘却と時間でつくる人生は豊かである。

記憶と忘却の融合

「知識は力なり」（フランシス・ベーコン）ということばがある。知識の習得をもっとも重要な知的活動として近代は生きてきた、といってよいであろう。教育も、知識の学習を第一義的に考えて、ほぼ生活を忘れた。

そうして得られた知識は、命に欠けるところがあるのは是非もない。過去形であって、後ろ向き。現在、未来のことは、その範囲に入らない。

もっとも大きな問題は、記憶と知識が、忘却と敵対関係におかれたことである。知識を求める者には「忘れるな、覚えておけ」が合い言葉のようで、それに疑いをもつことは許されなかった。

忘却は、抗議することもなく、不当な誤解に耐えて、無言であった。そういうこともあろうかというので、自然は忘却を自律的作用、つまり、無意識にすすめられるものとした。忘れるともなく忘れるのである。

それを当たり前のようにして放置してきたのは、要するに、忘却は悪者であると考えてきたからである。そのために人間の知能がどれくらい大きな代償を払わなくてはならなかったか、深く考究する閑人もいなかったのである。

社会が複雑になり、それにつれて知識も多くなり、ときには過剰になると、忘却無視の害があらわれるようになる。

知識が多すぎ、うまくはたらかせられない余分な知識がストレスとなって精神を圧迫するようになっても、なお、忘却の必要性を認めようとしないのである。

記憶、知識の整理方法がわからないまま、知的教育をすすめれば、知的メタボリック・シンドロームがおこるのは当然である。

教育が普及し、高等教育を受ける人間が激増すると、〝知識バカ〟が大問題にならなくてはならない。

そこまではいかなくとも、長い学校生活で知識の習得のみを目指していれば、生活力の低下を避けることはむずかしい。

最近、日本の大学の国際競争力が低下していることが問題になっている。それに対する方策として、外国との交流が考えられている。

外国から優秀な学生を迎え入れるために予算をつける、ということが具体化しているらしい。日本からも、外国へ留学生を送って新しい学力をつけることも奨励されている。どちらも他力本願である。外国の真似をすれば国際化できる、国際競争に負けないというように思うのは、いささか幼稚な思考であるといわなければならない。

外国の真似をしたり、外国人に教えてもらったりしても、せいぜいその半分くらいのところまでしか達しないだろう。それでは、外国との競争に勝てるわけがない。

外国と競争して負けないようにするには、まず、自力で頭脳をよくすることである。わけもわからず知識を詰め込んで進歩したように考えるのは、昔ならともかく、知識が増え、一部は機械で処理するようになった現代において、いちじるしく現実ばなれしているといわなくてはならない。

外国に学ぶのはもちろん結構であるが、自力で新しいものを生み出す力のないまま、ただ教わり、学ぶだけというのでは、得られるものは限られている。とても、国際競争ができるようにはならない。

天は自ら助くるものを助く。

日本人は、日本人の責任において、コンピューターなどに負けない、外国にも負けない人間を育てなくてはならない。

外国を参考にする必要はあるけれども、先立つものは自立、独立の知性、理性、悟性（ごせい）の育成である。いまの日本にその覚悟があるのかどうか、疑問である。それでは国際的競争を口にするほうがおかしいのである。


個人の問題としては、弱体化しつつある知識を活性化し、新しい知的人間を育てる必要がある。そのうちで、もっとも有望なのが、記憶、知識と忘却の関係の適正化であるように思われる。

忘却を悪者扱いしてきた近代において、記憶、知識との関係を劇的に改善するのはもとより容易ではない。しかし、それがなくては、知の限界を大きく高めることは困難であろう。

これまで対立の関係にあった記憶と忘却をまったく新しい関係にすることができれば、おのずから新しい文化の地平が見えてくるだろう。

記憶と忘却をただ並立させるだけでなく、ただ協調させるだけでもない、まったく新しい関係におくのである。それこそ自然が意図したものではないかと考える。
記憶はどんどん消える。それをすすめているのが忘却であるが、忘却は、ただ記憶を整理するだけでなく、記憶を洗練し昇華させる。それを、記憶と忘却の協力などとするのは適当ではない。

記憶は過去形である。忘却は現在、未来形である。簡単に両者が結合するわけがない。しかし、時間というものを媒介(ばいかい)させれば、融合することが可能になる。そう考えると、記憶も忘却もまったく新しい力であることがわかってくる。

つまり、忘却は時間を介して、記憶を動かす。それで記憶は思い出をつくるのである。これは歴史をつくるメカニズムでもある。

忘却は記憶によって時間的に新しい生命を与えられ、記憶は忘却のはたらきを刺激、強化する。そこから創造的思考の世界がひらかれる。

記憶だけでは、新しいものを生み出すことはできない。忘却だけでも、新しい発見はあり得ない。

両者が、単なる化合ではなく、より一段、高度の統合である「融合」に達したところで、人間力をもった知識、知恵、発見が可能になる。

生活のある英知

記憶、知識の泣きどころは、生活から遊離している点である。独力では、活力にすることはできない。

一方、忘却は、整理にはすぐれているが、やはり自分でものごとをつくることはできない。記憶がとり入れたものについて、純化、洗練、整理をすることで生きるのである。両者が融合したところで、英知、知恵が生まれる。記憶だけでは英知をつくることはむずかしい。

記憶と知識だけの学校教育では逆立ちしても知恵を教えることができないのは、忘却に代表される〝生活〟を欠いているからである。忘れることを否定しているためである。

いわゆる学のない苦労人がときどき、おどろくべき英知の持ち主であったり、びっくりするような発明、発見をするのも、記憶と忘却がうまく融合したからである。

本ばかり見ていては、新しいことを考えることはできない。日々あれこれと立ちはたらいている多忙な人が、意外に知恵があるというのは、すこしも不思議ではない。

学校や知識人は記憶中心であるから、知識は豊かで、ときには過剰になるけれども、生活が不在だから、知恵を身につけることがむずかしい。

ことに専門的に高度な知識を多く頭に入れていると、知恵の出るところがなくなる。専門というのは知識の習得には便利であるが、英知を得るには不都合なのである。

日本の有力大学が国際競争力で後退しつつあるとするならば、その一因は、過度の専門志向に原因のひとつがあるように思われる。

もっと総合的、複合的な学習が必要であろう。生活の要素を強化する必要がある。入学試験に合格すれば、頭が優秀だとするのは、いかにも浅薄（せんぱく）な考えである。

知識と忘却の融合など、絵に画（か）いた餅（もち）ほどの可能性もないように思われるかもしれないが、実は、それが活発におこっていたかもしれないと思われることがある。

ことわざである。ことわざは、かつての人間が、生活のなかで知識と忘却を融合させていた証（あかし）だといってよい。

生活を失っているいまの学校教育はことわざが嫌いで、国語の教科書でも、ことわざが出てくることはない。ことわざは通俗であるように考える人は、教師だけでなく知識人といわれる人にもきわめて多いのが実情である。

ことわざは、知識をありのまま伝えるような野暮なことはしない。比喩、たとえの形をとる。文字を読むことしか知らない人間には、わけのわからないことわざがいくらでもある。

理屈でわかるものではない。知識と経験の融合したところで得られる発見を背景にしているからである。

一般に、記憶と忘却は仲が悪い。知識と生活は別々である。もちろん、知識のほうが忘却や生活より価値がある――そう考えている人が多い。活字文化によって生じた思い込みで、いまはそれを疑うことすらいけないようになっているのである。

記憶信仰、知識信仰は意識されないまま社会を動かしてきた。そのために生活が軽んじられ、忘却がおそれ嫌われ、無機的な文化をつくり上げてきた。この点で日本は欧米より先走ってきたのかもしれない。

記憶と忘却を融合させることができれば、現代においても、かつてのことわざに劣らない活力のある、おもしろい、あたたかみもある英知を生み出すことは充分に可能である。

どこの国でもことわざの英知を小バカにしている。われわれが新しいことわざ的英知の開発に成功すれば、ほかの国へ輸出することもできる。

忘却の自家中毒

イギリスの元首相サッチャー、アメリカの元大統領レーガンが相前後して認知症になったことを公表したとき、世界中がおどろいた。

この二人は、ただの首相、大統領ではない、歴史的な存在になろうとしていたときでもあり、二人は個人的にも親しかったことが広く知られている。それが、時を同じくして、もっとも縁遠いように思われる病気にやられる、というのが不思議ですらあった。

なぜであろうか。考えた人は少なくなかったはずである。

私は私なりに、あれこれ空想した。あんなに頭脳明晰（めいせき）だった二人が、どうして辞任してまもなく認知症になったのか。シロウトにわかるわけはないが、やはり放ってはおけない問題であるような気がした。

手がかりは、激職をはなれてまもなくの発症ということである。やはり辞任が引き金であったとしてよかろう。はげしい繁忙（はんぼう）な仕事をこなしていた人が、急にその仕事がなくなるのがいけないのであろう。

そういう例を思い出した。スポーツである。選手として鳴らした人が、社会人になって、きっぱり運動をやめる。すると、しばしば健康上おもしろくないことがおこる。運が悪いと大病になることもある。

どうしてそういうまずいことになるのか。スポーツに思慮が欠けているのである。運動の練習をするとき、ウォーミングアップ、準備運動はかなり不充分ながらおこなわれる。

ところが終わったあとの、クーリングダウン、整備運動がなおざりにされる。クーリングダウンはもっとしっかり入念にされなくてはならないだろう。

何年もしてきたスポーツをやめるには、かなりの時間をかけてクーリングダウンが不可欠である。それを怠（おこた）れば、体がおどろいて、大きな打撃を受けることになるのは自然である。健康を害する。

私自身にも苦い経験がある。

旧制中学の低学年のとき、私はスポーツ少年といってもよかった。陸上競技のほぼ全種目で学年一位か二位であった。勉強そっちのけで、走ったり跳(と)んだりしていた。

ある日、まったく偶然に、英語の先生が職員室で同僚と雑談しているのを、廊下を通りかかって耳にした。私の名をあげて、運動ばかりしているから学科はダメだ、といっているではないか。

ショックだった。よし、勉強してやろう、と思い、そして翌日から、グラウンドに出ることをやめた。そして毎日、猛烈(もうれつ)に勉強した。もちろん成績は向上。

それはいいが、アレルギー疾患(しっかん)を背負い込んだ。

そのころ、喘息(ぜんそく)などになるこどもは、ほとんどなかった。うちの親戚を見渡しても、だれもいない。その喘息にとりつかれて、一生、苦しむことになる。

運動のやめ方がいけなかったのである。ゆっくり、クーリングダウンをすべきだったが、そのころ体育の教師でも、そんなことは知らなかっただろうから、とやかくいってもはじまらない。

はじめるのは容易だが、やめるのは大変むずかしい。

世界的な賢人であるレーガンやサッチャーである。やめたあとが怖いということを知らないわけがない。それにもかかわらず、やめ方がまずかったのではなかろうか。

二人とも目のまわるような繁忙を切りぬけた人生の達人たちである。仕事をやめるには、常人よりはるかに入念なクーリングダウンが必要である。

急になにもすることがなくなったりしては、とんでもない危険を招くと、あらかじめ用心すべきだった。本人がうっかりしていたのなら、まわりで教えてあげなくてはならない。

サッチャー、レーガンとも、クーリングダウンは考えたのであろう。それにもかかわらず、急にヒマになったことの害を避けられなかった。

スピードの速い車は、急停車がむずかしい。

超多忙な生活を難なく乗り越えたのは、活発な忘却に助けられていたのである。その多事多忙（たじたぼう）が突如（とつじょ）、消えてなくなったりすれば、ただごとではない。

これからは毎日が日曜、などと勘違いしてはすこぶる危ない。忘却が暴走するおそれがある。

それまで、大忙しで働いていた忘却が、相手を失って途方にくれる。忘れたくても忘れることがない。

しかし、活動しなくてはおさまらない忘却は、忘れるものに事欠いて、忘れてはいけないものに向かってはたらきだす。

〝忘却の自家中毒〟である。いろいろの症状がおこる危険がある。認知症はそのひとつ、というわけである。

忙しい隠居仕事

忙しい仕事をしている人は、すべて、仕事のあとを考えなくてはならない。

悠々自適（ゆうゆうじてき）を楽しむ、などというのは古い考えである。ヒマは大敵である。

要職にあった人がきっぱり辞任すると、心ない世間はいかにも潔（いさぎよ）いように思い、美しい引き際（ぎわ）だなどというようだが、誤りではないか。

もうすこし仕事をつづけるようにするのが、知恵である。いつまでも居すわることができないなら、充分、忙しい隠居仕事をつくらなくてはいけない。

役人がまだそれほどの年でもないのに退職させられるのは、非人間的である。天下る(あまくだる)ところがあれば、天下るのをはばかることはない。

天下り先がなければ、こしらえるのである。それによってうまくクーリングダウンができて、充実した人生を送ることができる。

レーガン、サッチャーは、天下り先へ落ち着くには偉大でありすぎた。きっぱり仕事をやめて自由の身になる。自他ともに、そう考えたのであろうが、むしろ短慮であった、といわなくてはならない。

そのために被害を受けるところがどれくらいあるかしれないが、忘却がもっとも大きな打撃を受けているといってよい。それに気づかないのは思考の怠慢(たいまん)といってもよいであろう。

対象をなくした忘却は、脱線的活動に走って、やみくもに自己を攻撃、破壊しようとする。そうなったら手がつけられない。

そうならないように、新しく忙しい仕事、遊びでもよい、時間を忘れるくらい夢中になれることを用意するのが知恵である。

そうはいっても、おいそれとそういう新しいことがあらわれてくるわけがない。あらかじめ入念に準備しておかなくてはいけない。

昔の人は、案外、賢かったのだろう。隠居すると、およそそれまでの仕事とは縁もゆかりもなかった、書画骨董（しょがこっとう）に凝（こ）り出す。それで精神の活性化をはかり、いきいきとした老後を送ることができた。

もっと積極的な人は、新しい仕事をはじめる。六十の手習いというわけで、それによって、生まれかわることもできることを知っていた。

忘却と記憶を行きつ戻りつ

教育が普及すると、一般の知識は増えるが、生活を棚上げにしている教育は、知恵というものを、軽視する傾向が強い。

忘れるというのは、生活にとってきわめて重要な心的活動であるのに、知識を増やすことの妨（さまた）げになる、というので、頭から否定しようとする。

忙しいのはよくないこと、ヒマでのんびりできるのはありがたいこと、とよく考えもしないで決めてしまう。休みは多いほどよい、レクリエーションはそれ自体がよいことと決めてかかる。

充分に忙しければ、ヒマや休みは有益でありうるが、べつにすることもないのに、休んだり遊んだりしていれば、人間力を失うことになるのは火を見るより明らかなはずである。

生活軽視を教養だと誤解する人には、そこがわからない。

人間は、かなり忙しい生活をするという前提に立ってできている。記憶についても、雑多なことを心に留めることを予想し、それでもあふれたり、混乱したりしないように、自律的忘却がはたらく。

放っておいても、適切に調節されて、正常な生活が送れるようになっている。天の配剤、自然の摂理はまことにみごとである。

現代の社会はそういう程度を超えて多忙であるため、忘却が追いつかずに、心的不調を訴えるケースが増えている。

自然まかせにしないで、忘れる工夫が必要になるのである。多くの娯楽、レジャー、レクリエーションは人工的忘却促進の役割を果たしている。

他方、することもなくヒマをもて余すような生活に対しては、とくに有効なことは見当たらない。

多忙社会では退屈は死ぬほどおそろしいことである。することがない、というのがどんなにつらいかを知る人は多くない。

もて余したヒマは精神を不活発にする。ヒマだと忘却は手もちぶさたで、混乱。手当たりしだいに記憶を破壊する。

健忘症、ボケ、記憶喪失などで、その原因が、忘却の暴走によっておこっているケースがきわめて多いと想像される。

高齢になるにつれて、頭に入ってくるものは少なくなる。それにつれて、入ってきたものを整理、消去する忘却力も小さくなれば問題はおこらない。

実際はしばしば、入ってくるものが減少しているのに、排出、整理する忘却力はいっこうに衰えないで、なんでも忘れるということがおこりやすい。

だからといって、忘却力を落とすことは容易ではない。やはり、入れるものを多くするほかない。

あえて忙しくすることである。これには努力しないといけない。

忘却力は、とくに努力しなくてもいつまでも活発でありうるが、記憶を増やすのには努力を要する。ヒマは自然に生じるが、なにもしないでいては、多忙にすることはできない。

忙しすぎたら、ヒマをつくって、よく忘れるようにし、ヒマすぎたら、なんでもいいから忙しくする。これが心の健康、頭の活動に欠かせない。

よく覚え、よく忘れるのである。

知識→忘却→思考

鎖国を解いた近代日本が、文教に関して「知識を世界に求め」る（五箇条の誓文）と宣言したのは妥当であったと考えられる。

外国追随、外国模倣は当然のことであるとして、知識の習得のために涙ぐましいばかりの努力がつづけられ、脱亜入欧の新しい文化を招来するのに成功したといってよい。

その反面、外国模倣と知識の非現実性の害を見落としてしまったことへの反省は、ほとんど見られなかった。

学校教育も、生活から遊離した知識の詰め込みをこととし、記憶力を知力と勘違いして筆記試験によって優劣を決することをつづけて、多くの才能を失ってきた。

知識を尊重するあまり、わけもわからず本に書いてあることを鵜呑みにして勉強だと錯覚した。ことに外国の知識はつねに進んでいると決めてかかる。外来の新しい知識はもっとも価値の高いものであるとして、それを模倣する。多くは、無断借用である。

それを戒める考えがなかなか起こらなくて、日本文化はイミテーションを脱することがいつまでも困難である。

学生ではなく、れっきとした専門家が、剽窃、盗用をくり返す。国際的問題であるが、日本語の壁が高くて、外部から指摘することが容易でないことに助けられて、いつまでたってもなくならない。これでは独自の思考、文化は育たない。

そのなかにおいて、デザインなどインターネットでアクセスできる分野においては、盗用が表面化しやすくなっており、実際にトラブルになることが増えている。

そういう不正利用も、元をただせば、「知識を世界に求め」た結果であるということができるであろう。

だいたい文化に関して知識だけを問題にするという偏向は、本家本元の欧米にもいえることである。「知識は力なり」がいまなお尾をひいているのである。

その点で、すぐれた学芸観が江戸時代に存在したことは注目されてよい。「温故知新」の思想である。

古きをたずね、新しきを生むという考えは、ただ、知識は有用であるというものより、いっそう深い洞察に立っているといってよい。

古きを考える――歴史的文化は、新しいものを生み出す創造的活動と合体してこそ文化の発展がある、と考えたのはみごとである。

しかしながら、他方、温故知新はいくらか粗雑な理念であることも否定できない。

なぜかというと、矛盾を無視しているからである。

温故は、後ろ向きの思考。過去形である。対する知新は、前向きの現在、未来形の知的活動であって、なにもしないで、両者を並列させるのは乱暴である。

過去形と現在、未来形は水と油のように仲が悪い。並べてみても、おもしろいことはおこらない。温故と知新は、ひとくくりにできることではない。

過去形の知識がそのままの状態で、現在、未来形の思考と融合することはむずかしい。むしろ反発し合うくらいである。しかし、温故の知識も、知新の思考も、ともに有用であることは認めなくてはならない。

両者の不調和を調和させることのできるのが、時である。知識は新しい状態では現在、未来の思考と結び合う可能性はきわめて小さい。

しかし、知識に時を与えると、知識は風化をはじめて、新しい命をもつようになり、新しい思考の母体となることが可能になる。

その場合、時は忘却という形をとる。つまり、忘却によって、知識と思考が連携することが可能になるのである。

温故知新は、そのあいだに忘却を介在（かいざい）させることによって、はじめて新しい文化を創造する原理となり得るのである。

忘却が古来、不当に忌避（きひ）されてきたために知識と思考が相反するように考えられてきたのである。もの知りは思考力に欠け、新しいことをやりだす人の多くは無知であるということれまでの通念は、忘却の創造力によって大きく修正させることが可能である。

長いあいだ、忘却について考えてきたが、ようやく創造の媒体(ばいたい)としての忘却のはたらきに思いいたったという次第である。

この本は、そのレポートのつもりである。

著者略歴

一九二三年、愛知県に生まれる。英文学者、評論家、エッセイスト。お茶の水女子大学名誉教授、文学博士。東京文理科大学英文科卒業後、雑誌「英語青年」編集、東京教育大学助教授、お茶の水女子大学教授、昭和女子大学教授を歴任。専門の英文学をはじめ、言語論、教育論など広範囲にわたり独創的な仕事を続ける。
著書にはミリオンセラーとなった『思考の整理学』（ちくま文庫）をはじめ、『「マイナス」のプラス―反常識の人生論』（講談社）、『思考力』『思考力の方法』（以上、さくら舎）、『乱読のセレンディピティ』（扶桑社）、『老いの整理学』（扶桑社新書）、『知的生活習慣』（ちくま新書）、『50代から始める知的生活術』（だいわ文庫）、『外山滋比古著作集』（全八巻、みすず書房）などがある。

忘れる力 思考への知の条件

二〇一五年一一月一三日　第一刷発行

著者　外山滋比古
発行者　古屋信吾
発行所　株式会社さくら舎　http://www.sakurasha.com
東京都千代田区富士見一-二-一一　〒一〇二-〇〇七一
電話　営業　〇三-五二一一-六五三三　ＦＡＸ　〇三-五二一一-六四八一
編集　〇三-五二一一-六四八〇　振替　〇〇一九〇-八-四〇二〇六〇
装丁　石間　淳
装画　ヤギワタル
印刷・製本　中央精版印刷株式会社

ISBN978-4-86581-034-9